dtv

Reihe Hanser

Was sind das für Menschen, die sich entscheiden, in der Antarktis zu überwintern? Was ist das Faszinierende an dem sechsten Kontinent? Das fragt sich Felicia, die ihre Mutter, eine Biologin, auf einem Forschungsschiff begleiten darf. Und Felicia lernt nicht nur die Wissenschaftler und Seeleute kennen, die sich immer wieder wie magisch angezogen fühlen von diesem eigenartigen Stück Erde, auch sie selbst verspürt den Zauber, der vom Land im ewigen Eis und seinen Bewohnern ausgeht.

Kajsa Asklöf, geboren 1960 in Eskilstuna, Schweden, studierte Fotografie, Psychologie und Soziologie. Sie arbeitete fürs Radio, für Fernsehanstalten und Zeitungen. Mit ihrem Mann und ihren beiden Töchtern unternimmt sie ausgedehnte Reportagereisen um die Welt.

Kajsa Asklöf

FELICIAS GROSSE REISE

Abenteuer in der Antarktis

Aus dem Schwedischen von
Angelika Kutsch

Deutscher Taschenbuch Verlag

Mit Dank an den wirklichen Kapitän Anders Eduardsson, der so inspirierend von seinen Reisen in die Antarktis erzählt hat.

Für den Feuervogel, die Elfe
und den Kleinen Bären

Das gesamte lieferbare Programm der *Reihe Hanser*
und viele andere Informationen finden Sie unter
www.reihehanser.de

Deutsche Erstausgabe
In neuer Rechtschreibung
Dezember 2003
2. Auflage Juni 2007
Deutscher Taschenbuch Verlag GmbH & Co. KG,
München
www.dtv.de

Titel der schwedischen
Originalausgabe: ›Resan till Antarktis‹
(Alfabeta Bokförlag AB, Stockholm)

Umschlagfotografien: Doris Katherina Künster, Hamburg
Satz: Fotosatz Reinhard Amann, Aichstetten
Gesetzt aus der Bembo 12/15'
Druck und Bindung: Druckerei C. H. Beck, Nördlingen
Gedruckt auf säurefreiem, chlorfrei gebleichtem Papier
Printed in Germany · ISBN 978-3-423-62160-1

DIE REISE ZUM SÜDLICHEN POLARKREIS

Felicia sitzt auf dem Fußboden in ihrem Zimmer und guckt in ihren Koffer. Er ist fertig gepackt, dicke Kleidung, Thermohosen, warme Stiefel, Wollpullover, lange Unterhosen – so was. Und Schulbücher, ein Buch über die Antarktis, Tagebuch, Malblock, Aquarellfarben, Walkman und noch so einiges mehr.

Felicia wird an das Ende der Welt reisen, an einen Ort, wo es keine Hochhäuser gibt, keine Autos und nur wenige Menschen. Der Weg dorthin führt über Meer und Eis, die Erdkugel so weit hinunter, wie man nur kommen kann.

Dort liegt die Antarktis – der weiße Kontinent. Das ist ein Teil der Welt, der nicht von besonders vielen Menschen aufgesucht wird, aber Felicia und ihre Mama Linn wollen mit dem Forschungsschiff »Aurora Australis« dorthin fahren. Es kommt aus Australien und von dort stammt auch Felicias Mama.

Es ist Abend und draußen ist es dunkel. Felicia findet, sie ist mit Packen fertig. Sie ist müde und will bald schlafen, aber Alice, ihre beste Freundin, will und will nicht gehen.

»Warum wollt ihr überhaupt dorthin?«, fragt sie.

Sie sitzt rittlings auf dem Schreibtischstuhl, das Kinn auf die Rückenlehne gestützt. Sie kann überhaupt nicht kapieren, was an einer Reise in die Antarktis so schön sein soll, wo es dort so kalt ist und weder Geschäfte noch Bäume gibt.

»Wir wollen uns das alles angucken«, sagt Felicia.

»Was angucken?«, fragt Alice misstrauisch.

Felicia hatte ihr schon von den Robben, den Eisbergen und dem Licht, das es nur in der Antarktis gibt, erzählt, aber Alice scheint sie einfach nicht verstehen zu wollen.

»Das hab ich doch schon mal gesagt! Bestimmt schon hundert Mal! Da unten ist alles ganz anders. Wer einmal da gewesen ist, der will wieder hin. Man sagt, das ist der Antarktisbazillus. Von dem wird man angesteckt und dann muss man einfach wieder hin.«

»Nicht alle kommen wieder zurück. Manche erfrieren«, macht Alice sie aufmerksam.

In der Schule haben sie von den frühen Polarreisenden gehört, Menschen, die vor fast hundert Jahren dorthin gefahren sind.

»Die hatten nicht die richtige Kleidung und nicht genügend zu essen. Und außerdem sind sie auf

Skiern über die ganze Antarktis gefahren, um als Erste zum Südpol zu kommen, und das machen wir nicht. Guck mal hier!«

Felicia nimmt ihr Buch über die Antarktis hervor. Sie kann es fast auswendig, und ihre Mama liest schon seit mehreren Monaten darin.

»Hier ist der Südpol. Er liegt mitten in der Antarktis. Der Südpol ist wie der Nabel einer Apfelsine. Wenn du dir also den Erdball wie eine Apfelsine vorstellst, den Nabel nach unten. Der Südpol ist der allerletzte Ort auf dem Erdball. Ganz unten im Süden.«

Alice nickt, sie hat verstanden.

»Dann gibt es noch den magnetischen Südpol, aber das ist nicht dasselbe.«

»Was ist es denn?«

»Das ist keine bestimmte Stelle, sondern ein Punkt, der sich bewegt, und das ist der Punkt, auf den die Kompassnadel zeigt, wenn sie Süden anzeigt.«

»Dann gibt es also zwei Südpole?«

»Mmm. Aber wenn man vom Südpol redet, meint man meistens die Antarktis, womit der ganze Teil der Welt gemeint ist.«

»Wer – man?«

»Na ja, Forscher und Leute, die viel über die Antarktis wissen.«

Felicia legt das Buch zurück in den Koffer und schaut aus dem Fenster. Nur die Außenbeleuchtung des Hauses erhellt die Herbstdunkelheit. Auf der anderen Seite des Erdballs ist es Sommer. Auf der Insel Tasmanien, wohin sie zuerst fliegen, ist es warm und schön, aber je mehr sie sich dem Südpol nähern werden, um so kälter wird es. Der Südpol ist so weit von der Sonne entfernt, dass es dort immer kalt ist. Sommer in der Antarktis können minus 25 Grad Kälte und Schneesturm bedeuten.

»Und wenn du nun Heimweh kriegst«, sagt Alice. »Was machst du dann?«

Alice neigt ihren dunklen Schopf zur Seite und blinzelt Felicia durch ihre langen Wimpern an.

Zusammen sehen Felicia und Alice wie die Schwestern in dem Märchen »Schneeweißchen und Rosenrot« aus. Die sich um einen Bär gekümmert haben, der ein verzauberter Prinz war. Schneeweißchen hatte ganz weiße Haare genau wie Felicia und Rosenrot hatte dunkle Haare wie Alice.

»Ich glaub nicht, dass ich Heimweh krieg«, sagt Felicia. »Übrigens bin ich froh, wenn ich eine Weile nicht in die Schule muss.«

Felicias Mama ist Forscherin und will Robben beobachten, die es da unten reichlich gibt. Felicia freut sich, dass sie mitfahren darf, obwohl sie sich nicht gern von ihrem Papa trennt, der zu Hause bleiben und arbeiten muss. Er ist Lehrer an einer Schule.

Alice schnaubt bloß. Sie will nicht, dass Felicia wegfährt. Jedenfalls nicht ohne sie. Sie wird Felicia vermissen, wenn sie jetzt mehr als sechs Wochen ohne sie auskommen muss.

Felicia macht sich Sorgen, Alice könnte sie vergessen. Vielleicht wird sie jetzt viel mit Sanna zusammen sein und dann ist es bestimmt nicht schön, zurückzukommen. Es gibt niemanden in der Klasse, den Felicia so gern hat wie Alice.

»Bring mir was vom Südpol mit«, sagt Alice.

»Was zum Beispiel? Vielleicht einen Pinguin oder eine Robbe?«

»Einen Stein. Du hast ja gesagt, in der Antarktis gibt es Meteoriten, Steine, die aus dem Weltraum gefallen und dort gelandet sind.«

»Wie soll ich die denn erkennen?«

»Die sehen doch bestimmt nicht wie gewöhnliche Steine aus, wenn sie aus dem Weltraum kommen. Aber wenn du nichts anderes findest, bringst du mir eben einen gewöhnlichen Stein mit«, fügt sie hinzu. »Das ist auch in Ordnung.«

Zu Hause hat Alice überall Steine, in Kästen, unterm Bett, im Bücherregal, auf dem Fensterbrett und in Gläsern. Manchmal holt sie einen Haufen

Steine hervor, breitet sie auf dem Bett aus und möchte, dass Felicia die Steine zusammen mit ihr anschaut. Aber Felicia guckt sich lieber Fotos oder Briefmarken an, Alice dagegen macht sich nichts aus dem Papierkram. Nur aus Steinen, die sie überall sammelt.

»Hier«, sagt Alice und reicht Felicia ein kleines Bündel.

Felicia sieht sofort, was es ist. Es ist Alices Lieblingskuscheltier. Der kleine Pandabär ist in ein gepunktetes Stück Stoff eingewickelt, als steckte er in einem Schlafsack.

»Wenn du in der Antarktis ankommst, kannst du ihn irgendwo in den Schnee setzen«, sagt Alice. »Möglichst an einer Stelle, wo es nicht so windig ist.«

»Warum?«

»Weil ich es will. Unsere Lehrerin hat doch erzählt, dass die ersten Polarforscher, die zum Südpol kamen, die Flagge ihres Landes in den Schnee gesteckt haben, zum Beweis, dass sie dort waren.«

»Aber der Panda ist doch was anderes! Und du wirst ihn nie wieder sehen«, sagt Felicia.

»Ich weiß ja, wo er ist. Und wenn er dort ist, ist das fast so, als wäre ich auch dort.«

»Bist du sicher?«

Alice nickt.

Felicia steckt das Bündel in den fertig gepackten Koffer. Sie möchte Alice auch irgendetwas von sich schenken, zur Erinnerung. Felicia weiß, dass Alice gern ihr Armband aus blauen und roten Indianerperlen hätte. Sie zögert nur einen kurzen Augenblick, dann nimmt sie es ab und gibt es Alice.

»Vielleicht möchte ich es wiederhaben, wenn ich zurückkomme«, sagt Felicia.

Plötzlich steht Mama in der Tür.

»Jetzt müsst ihr euch auf Wiedersehen sagen. Es ist Schlafenszeit, Felicia. Wir müssen morgen sehr früh aufstehen.«

Felicia umarmt Alice. Sie hätte Alice gern gebeten, sich nicht zu sehr mit Sanna anzufreunden, während Felicia weg ist, aber sie tut es nicht.

»Bis dann«, sagt sie nur.

Alice nickt und lächelt. Felicia sieht, wie sie das Armband, das sie eben ums Handgelenk gebunden hat, berührt.

Als Felicia im Bett liegt, kommt Papa herein und setzt sich auf die Bettkante. Er streicht Felicia übers Haar, wie er das immer macht, und Felicia möchte am liebsten weinen, als sie den vertrauten Papa-Geruch von seiner Hand einatmet.

»Jetzt werde ich dich viele Wochen nicht sehen, mein kleines Sternenmädchen«, sagt er.

»Nein«, schnieft Felicia.

»Versprich mir, dass du dir die Sterne genau anschaust, damit du mir erzählen kannst, wie der südliche Sternenhimmel aussieht.«

Papa und Felicia betrachten oft zusammen die Sterne. Dann suchen sie nach Sternbildern, von denen sie gelesen haben und deren Namen sie kennen. Papa kennt viele Geschichten, die davon handeln, wie die Sternbilder ihre Namen bekommen haben, dann kann man sich besser an sie erinnern.

»Ohne dich ist das alles anders«, sagt Felicia.

»Darum musst du Tagebuch schreiben, damit du nichts vergisst, was du mir später von der Reise erzählen willst«, sagt Papa.

Felicia umarmt ihn ganz fest. Wie wird er mehrere Wochen ohne sie und Mama zurechtkommen? Bestimmt wird er sich sehr langweilen.

»Das wird nicht schlimm, Felicia. Ich lese alle meine Zeitungen, spiele jeden Abend Klavier und fange vielleicht ein Lauftraining an«, sagt er und küsst ihre Haare. »Wenn wir uns wieder sehen, haben wir uns viel, viel zu erzählen.«

»Aber der Mond, der ist doch derselbe?«, fragt Felicia.

»Da sagst du was Gutes. Wir nehmen uns vor, dass wir aneinander denken, wenn wir den Mond anschauen. Vielleicht sehen wir ihn manchmal gleichzeitig an.«

Felicia nickt. Das ist eine gute Idee. Diesmal ist es ausnahmsweise sie, die verreist, sonst verreist immer Papa und sie wartet darauf, dass er wieder zurückkommt. Es ist lustiger, wenn man selbst derjenige ist, der verreist.

»Was für ein Glück du hast, du darfst auf Abenteuerreise gehen. Als ich so alt war wie du, bin ich noch nicht mal in Säffle gewesen«, sagt Papa.

»Da war ich auch noch nie«, sagt Felicia.

»Ach nee, klar. Aber du reist um die halbe Welt. Davon konnte ich nicht mal träumen.«

Als er gegangen ist, nimmt sie ihr Tagebuch vor. Es ist ganz neu, sie hat noch nie in ihrem Leben Tagebuch geschrieben. Es war Papas Idee, dass sie es jetzt anfangen soll. Das weiße Papier scheint auf Wörter zu warten. Sie denkt eine Weile nach, dann schreibt sie:

»Ich weiß nicht, an wen ich schreibe. Vielleicht an mich. Morgen reise ich ab. Ich bin froh und ein wenig traurig. Aber eher froh.«

Dann weiß sie nicht mehr, was sie noch schreiben soll. Vielleicht wird es leichter, wenn sie erst mal richtig auf Reisen ist, denkt sie. Ihre Lehrerin möchte, dass sie auch für die Klasse schreibt, aber denen wird sie das Tagebuch nicht zeigen.

Als sie fast eingeschlafen ist, fällt ihr noch etwas ein und sie ist wieder hellwach. Die Flagge! Die ganze Klasse hat daran genäht, die soll sie mit auf die Reise nehmen und in der Antarktis aufstellen. Das war die Idee der Lehrerin. Sie heißt Carin und findet Felicias Reise aufregend. Am liebsten wäre sie wohl selbst mitgekommen. Sie hat die Klasse über die Antarktis lesen lassen und mit ihnen über andere Polarreisende gesprochen. Die Sache mit der Flagge hielt sie für eine tolle Idee. Alle bekamen ein Stückchen Stoff, das sie bestickten. Dann haben sie die Teile zu einer Flagge zusammengenäht. Sie ist sehr schön geworden, und die Lehrerin hat die Klasse mit der Flagge auf dem Schulhof fotografiert. Das Foto nimmt Felicia mit auf die Reise.

Aber sie hat vergessen, die Flagge einzupacken. Das wäre ja was, wenn die zu Hause geblieben wäre. Die Enttäuschung ihrer Klassenkameraden, wenn sie zurückkam und auf die Frage, wo sie die Flagge aufgestellt habe, antworten müsste, unter dem Bett.

Sie rollt die Flagge aus und betrachtet die farbigen Stoffteile und die etwas schiefen Stickereien. Die Flagge ist wirklich schön! In dem Viereck der Lehrerin steht »Viel Glück!« neben einem lächelnden Gesicht, das ein bisschen dem der Lehrerin ähnelt. Felicia lächelt, rollt die Flagge zusammen und legt sie auf den Koffer. Jetzt kann sie sie nicht mehr vergessen.

EIN SCHIFF VOLLER WÜNSCHE

Der Heimathafen der »Aurora Australis« ist die Stadt Hobart auf der Insel Tasmanien vor Australien. Um dahin zu gelangen, müssen Felicia und ihre Mama fast um den ganzen Erdball fliegen. Das ist der einfachste Teil der Reise. Von Hobart fahren sie dann mit der »Aurora Australis« durch das Südliche Eismeer, das kälter und wilder ist als andere Meere und voller Eisberge.

Als Felicia das Schiff im Hafen sieht, freut sie sich. Es ist rot und aus Stahl. Es sieht stark aus, und das muss es auch sein, um mit den großen Wellen und dem dicken Eis fertig zu werden, durch das sie hindurch müssen. »Aurora Australis« ist Australiens Eisbrecher und gleichzeitig Forschungsschiff.

»Warum wollen so viele Forscher ausgerechnet in die Antarktis?«, fragt Felicia, als sie zwischen den Menschen an der Pier herumspazieren.

»Das ist der nahezu einzige Platz auf der Erde, wo die Natur noch einigermaßen unberührt ist. Da dort keine Menschen gewohnt haben, ist die Umwelt noch nicht so zerstört. Für Forscher gibt es an Land und im Meer viel zu studieren.«

»Was zum Beispiel?«

»Sie untersuchen Wasser, Eis und Tierleben, um herauszufinden, ob die Umweltzerstörung der restlichen Welt sich hier auch auswirkt, und wenn es so ist, wie sie sich auswirkt. Sie messen Fische, sehen, was es im Wasser gibt und bohren nach Eis, das schon vor langer Zeit entstanden ist.«

»Was gibt's denn in altem Eis zu sehen?«

»Man kann tatsächlich feststellen, wie das Wetter vor vielen, vielen Jahren war, und dann kann man sich leichter ein Bild davon machen, wie das Leben zu jener Zeit auf der Erde ausgesehen hat. Für Forscher ist das wahnsinnig interessant. Wenn man Asche im Eis findet, und die haben Forscher tatsächlich gefunden, dann weiß man, dass vor sehr langer Zeit irgendwo ein Vulkanausbruch gewesen ist. Solche Sachen.«

»Aber was spielt das heute für eine Rolle? Wenn vor Tausenden von Jahren ein Vulkanausbruch war, das ist doch eigentlich nicht so wichtig«, sagt Felicia.

Mama denkt eine Weile nach, ehe sie antwortet: »Das ist wie bei einem Rätsel. Für uns Forscher ist es aufregend, kleine Teile der Lösung eines Rätsels zu finden, wie das Leben auf der Erde war, bevor es Menschen gab. Das weiß ja niemand genau.«

Felicia will die Gangway hinauflaufen, aber ihre Mama Linn geht langsam, guckt sich die anderen Schiffe an, die an der Pier vertäut liegen. Sie scheint es überhaupt nicht eilig zu haben.

»Beeil dich, Mama! Alle gehen jetzt an Bord.«

»Stell dir vor, für vier Wochen haben wir zum letzten Mal festen Boden unter den Füßen«, sagt Mama und bleibt stehen.

Felicia zerrt sie fast durch die Menschenmenge, die sich am Kai versammelt hat. Alle sind gekommen, um sich von den Antarktisreisenden zu verabschieden. Felicia ist froh, dass sie sich schon von Papa verabschiedet hat, hier möchte sie das nicht gern tun. Es wäre zu traurig, ihm zu winken, während er allein an Land stehen bleiben und zu einem kleinen Punkt werden würde, während Mama und sie davonfuhren.

Endlich gehen sie die Gangway mit ihren schweren Koffern hinauf. Es ist ein ganz feierliches Gefühl.

»Jetzt beginnt die Reise zum sechsten Kontinent der Erde«, sagt Mama. Das klingt wie in einem Fernsehprogramm.

Sie begrüßt die anderen Menschen auf dem Schiff und Felicia folgt ihr und macht es genauso. Alle sprechen Englisch, genau wie Mama, aber das macht nichts. Felicia kann Englisch nämlich fast genauso gut verstehen wie Schwedisch. Ihre Mama hat immer Englisch mit ihr gesprochen, seit Felicia ein Baby war, und Papa Schwedisch, deshalb kann sie jetzt beide Sprachen.

»Willst du in der Antarktis überwintern?«, fragt ein Mann Mama, dem sie die Hand schüttelt. Er hat strähniges rotes Haar und einen Bart.

»Nein, nein, wir nehmen nur an dieser Reise teil«, antwortet Mama. »Du auch?«

Der Mann schüttelt den Kopf.

»Es wird mein zweiter Winter da unten. Der erste war fantastisch, ich hab mich dorthin zurückgesehnt, sobald ich abgefahren war.«

Achtzehn Forscher wollen auf einer Forschungsstation dort unten überwintern. Dann wird das Eis um die Antarktis herum so dick, dass das Schiff nicht mehr durchbrechen kann. Die, die beschlossen haben, einen Winter in der Antarktis zu bleiben, müssen sich das gut überlegt haben. Wenn das Schiff ohne sie abgefahren ist, können sie erst im Frühling zurückfahren, wenn das Schiff wieder durch das Eis kann. Es dauert mindestens fünf Monate. So lange würde Felicia nie bleiben wollen.

Viel einsamer als dort kann man kaum leben. Dort gibt es keine Geschäfte, keine Cafés und keine

Straßen – nur einige wenige Menschen, die vorübergehend einen ganz leeren Kontinent bewohnen. Wenn man dort ist, muss das ein Gefühl sein, als wäre man allein auf der Welt. Außerdem an einem der kältesten und dunkelsten Orte der Welt.

»Komm, wir gehen hinauf auf die Brücke«, sagt Mama.

»Hier gibt es doch wohl keine Brücke«, sagt Felicia.

»So heißt das, wo die Steuermänner und der Kapitän stehen, wenn sie das Schiff steuern«, sagt Mama.

Sie klettern die schmale Treppe hinauf und betreten den Raum, der Brücke genannt wird. Er hat Fenster in alle Richtungen und ist voller Apparate und Instrumente, aber spielen kann man auf denen nicht. An ihnen kann man ablesen, wie es dem Schiff geht, wie es sich bewegt und wo auf dem Meer sie sich gerade befinden. Sie haben eine schöne Aussicht über den Hafen und das Meer, das dort draußen glitzert. Die Ladeluken des Schiffes sind offen und ein Kran hebt einen Container nach dem anderen an und setzt sie im Laderaum ab.

»Sinkt das Schiff nicht, wenn es so schwer beladen wird?«, fragt Felicia.

»Nein, wirklich nicht«, sagt Mama.

»Aber warum müssen wir so viel mitnehmen?«, fragt Felicia.

»Wir Forscher brauchen viel Ausrüstung. Und unten auf der Forschungsstation brauchen sie sie auch, außerdem Brenn- und Baumaterial und alles mögliche andere. Vieles von der Ladung bleibt dort für die Leute, die überwintern. Sie brauchen ja auch für mehrere Monate zu essen. Und wir brauchen Essen auf der Reise.«

»Aber doch nicht so viel?«

»Doch. Siehst du die Container, die sie an Deck abgestellt haben? Das ist unsere Lebensmittelreserve. Falls wir aus irgendeinem Grund länger fortbleiben müssen als geplant.«

»Hoffentlich nicht«, sagt Felicia.

»Das hoffe ich auch nicht«, sagt Mama und streicht Felicia übers Haar.

Felicia sieht sich auf der Brücke um. Sie hat sich ein großes Steuerrad vorgestellt, kann aber keins entdecken.

»Wo ist das Steuer?«, flüstert sie Mama zu.

Aber Mama begrüßt schon wieder Leute und hat keine Zeit. Da dreht sich der Mann neben Mama um. Er hat auch einen Bart, aber keinen roten, sondern einen grauen. An seinem weißen Hemd glitzert Gold.

»Hallo, du bist die jüngste Polarreisende, die ich

je gesehen habe«, sagt er lächelnd. »Ich heiße Anders«, fährt er fort. »Ich bin auf dieser Reise der Zweite Steuermann.«

»Du kannst ja Schwedisch?«, sagt Felicia erstaunt.

»Es wäre komisch, wenn ich's nicht könnte. Ich bin Schwede«, antwortet Anders.

Er zeigt Felicia einen kleinen Hebel, nicht größer als ein Stift.

»Ist es wirklich möglich, dass dieser kleine Stift das ganze große Stahlschiff steuern kann?«

»Klar. Komm mal zu mir rauf, wenn wir das Meer erreicht haben, dann wirst du es sehen«, sagt Anders. »Du kannst es auch selbst probieren.«

STICKEREIEN UND STEINE

Die Kajüte, in der Felicia und ihre Mama wohnen werden, ist vier Treppen hinunter von der Brücke entfernt. Felicia wäre lieber mit Mama allein geblieben, aber sie müssen die Kajüte mit zwei anderen Forschern teilen, die sie noch nicht kennen. Die Kajüte ist leer, als sie eintreten.

Sie ist nicht groß, aber es gibt vier Betten, einen Tisch und Stühle.

»Du darfst dir als Erste ein Bett aussuchen«, sagt Mama. »Koje heißt das übrigens in der Seemannssprache.«

Felicia lässt ihren Rucksack auf eine der Kojen fallen. Mama bringt den Koffer, den Felicia nicht selbst anheben kann.

Alle Möbel sind an den Wänden oder auf dem Fußboden befestigt, damit sie nicht in der Kajüte herumrutschen, wenn es stürmt. Und mit Stürmen muss man auf dieser Reise rechnen, hat Mama gesagt.

»Wie heißt noch mal Fußboden in der Seemannssprache?«

»Ducht. Und die Wand wird Schott genannt.«

»Fenster heißen Bullaugen«, erinnert sich Felicia.

Papa hat versucht, ihnen beizubringen, was er von der Seemannssprache wusste. Das war nicht sehr viel. Tatsächlich nicht mehr als Schott, Ducht und Bullaugen.

Auf dem Korridor sind Schritte und ein merkwürdig plumpsendes Geräusch zu hören. Plötzlich steht eine Frau mit einem Koffer und einem großen Rucksack in der Tür.

»Hallo, ich heiße Laura«, sagt sie und sieht sich mit großen grünen Augen um.

Ihre Haare sind braun, lang und glänzend. Genau solche Haare wünscht Felicia sich. Laura sieht aus wie die Schneekönigin in einem Märchen, das Felicia kürzlich gelesen hat.

»Das ist also das kleine Mädchen, das mit auf die Reise geht«, sagt sie und begrüßt Felicia als Erste.

Laura erzählt, dass sie Glaziologin ist, das bedeutet, Eis und Gletscher sind Lauras Spezialgebiet. Mama hat erzählt, dass Gletscher eigentlich alter Schnee sind, der so lange gelegen hat, dass ein Eisberg aus ihm geworden ist.

Felicia nennt Laura still für sich Laura Eis.

Laura und Mama schütteln sich die Hand Laura sieht sich in der Kajüte um und wirft ihren Koffer auf eine der beiden Kojen, die noch frei sind.

Sie packt sofort einige Bücher aus, die sie neben das Bett legt, ein Stück Stoff und ein Bündel bunter Fäden.

»Meine Stickerei«, sagt Laura Eis, als sie Felicias fragenden Blick bemerkt. »Das beruhigt mich so schön.« Sie hält die Stickerei hoch, die Sonnenblumen in verschiedenen Gelb- und Rottönen darstellt. »Damit hab ich angefangen, als mein Freund und ich Schluss gemacht haben«, erzählt sie Mama. »Und jetzt muss ich fast jeden Abend ein Weilchen sticken, damit ich einschlafen kann.«

Ohne dass sie jemanden haben kommen hören, steht plötzlich noch eine Frau im Raum.

»Hallo«, sagt sie lächelnd. »Ich heiße Sara.«

Sara ist blond und rund, sie hat ein freundliches Gesicht mit Sommersprossen. Sie schüttelt allen die Hand und sagt, sie sei Geologin.

»Ich werde Berge und Steine in der Antarktis untersuchen«, sagt sie, als sie Felicia die Hand gibt.

Geologin sollte Alice werden, denkt Felicia. Dann wird sie fürs Steine-Angucken bezahlt.

Sara bekommt den Namen Sara Klara Stein.

Sie fängt sofort an, ihre Sachen auszupacken und in den kleinen Schrank zu hängen.

»Ich mach es lieber gleich«, sagt sie, als sie merkt, wie Felicia sie beobachtet. »Dies soll ja eine Weile unser Zuhause sein.«

Sie holt einen Stein hervor und hält ihn Felicia auf der ausgestreckten Handfläche hin, so dass sie ihn anschauen kann. Er ist klein und schimmert grün.

»Mein Glücksstein. Aus Jade«, sagt sie und legt ihn unter das Kopfkissen ihrer Koje.

Felicia hofft, es ist ein guter Glücksstein, der ihnen allen auf der Reise Glück bringt.

Aus ihrem eigenen Koffer nimmt sie das Buch über die Antarktis, ein kleines Kissen, das sie mit einem geblümten Stoff bezogen hat, ihr Kuscheltier Robbi, eine kleine weiße Robbe, und Alices Panda in seinem gepunkteten Schlafsack. Sofort ist die Kajüte viel gemütlicher. Aber sie ist immer noch klein. Ihr Zimmer zu Hause ist genauso groß, doch es gehört ihr allein.

»Was meinst du, wie es in der Antarktis wird?«, fragt Laura Eis.

»Ich möchte Pinguine und Wale sehen«, antwortet Felicia.

Einmal hat sie geträumt, sie wäre in der Antarktis. Sie hat kein bisschen gefroren, obwohl sie von Eis und Schnee umgeben war. Sie spielte mit Pinguinen und Robben und alle waren von einem ganz besonderen Licht umgeben. Ein Licht, das sie noch nie gesehen hat. Aber das ist zu kompliziert zum Erzählen.

»Was hat denn dein Lehrer dazu gesagt, dass du so lange nicht in die Schule kommst?«

»Ich musste Schulbücher mitnehmen und soll ein Tagebuch für die Klasse schreiben«, antwortete Felicia.

»Hast du schon damit angefangen?«

»Nein. »

Es ist schwer, von Sachen zu erzählen, während sie passieren, aber Mama sagt, sie findet, Felicia soll so viel wie möglich von dem aufschreiben, was sie sieht, auch wenn es in dem Moment gar nicht so aufregend zu sein scheint. Wenn man sich später zu erinnern versucht, ist es gut, dass man es aufgeschrieben hat. Sie selber vergisst viel mehr als Felicia.

Felicia legt ihre Schulbücher auf den Tisch. Nicht nur die Forscher haben einen Auftrag für diese Reise. Abgesehen davon, dass sie einen schönen Stein für Alice finden und den Panda aussetzen und die Flagge an einem guten Platz aufstellen muss, ist ihr Tagebuchschreiben wichtig. Wenn sie richtig viel schreibt, braucht sie nicht Schwedisch zu üben, hat ihre Lehrerin gesagt. Aber Mathe muss sie jeden Tag ein wenig üben. Das macht nichts, Mathe ist nämlich Felicias Lieblingsfach. Lösungen einzutragen, die entweder richtig oder falsch sind, ist einfach. Aber sich zu entscheiden, was man über alles, was es gibt und gab, schreiben soll, das ist schwer.

Sie schlägt das blaue Buch auf, nimmt einen Bleistift, der mit Blümchen gemustert ist, aber dann weiß sie nicht weiter. Was soll sie eigentlich schreiben? Durch das kleine Kajütenfenster, oder Bullauge, wie es ja in der Seemannssprache heißt, sieht sie, wie ein Kran immer noch große Kisten an Bord hievt. Sie verschwinden in Auroras Innerem, das wie ein riesiges aufgerissenes Maul ist.

Mama sagt, wenn man nicht weiß, was man schreiben soll, kann man mit dem anfangen, was man sieht oder denkt. Also fängt sie an zu beschreiben, wie das Schiff aussieht.

»15. September. Die ›Aurora Australis‹ ist groß und rot. Mit einem Hebel, der nicht größer als ein Bleistift ist, kann man sie steuern. Ich darf das auch mal, wenn wir erst draußen auf dem Meer sind. Wir nehmen mehrere Tonnen Essen und Getränke mit, Ausrüstung, die die Forscher brauchen, zwei ganze Hubschrauber, Raupenfahrzeuge, die über Eis und Schnee fahren können, außerdem Baumaterial und Post für die Forschungsstation in der Antarktis. Die Menschen, die dort seit fünf Monaten wohnen, bekommen nur E-Mails und keine richtigen Briefe. Die Armen. Ich glaube, sie haben Heimweh. Hier in Hobart ist es warm und schön, viel wärmer als zu Hause. Bald legen wir ab.«

GUTE REISE, GUTE REISE

Es ist sogar in der Luft zu spüren, dass es Zeit für die Abreise ist. Das Datum, das Felicia in ihrem Kalender angekreuzt hat, der Tag, an den sie den ganzen Sommer über gedacht hat, ist da. Alle scheinen fröhlich zu sein und rennen hin und her. Die Besatzung des Schiffes vertäut die Ladung. Alles muss richtig festgezurrt sein, bevor das Schiff ablegt. Sonst kann die Ladung bei Sturm verrutschen, und wenn das Schiff dann schräg liegt, kann es kentern und sinken. Was nicht bis zwölf Uhr an Bord ist, kommt nicht mit. Die Forscher fürchten, dass gerade ihre Kisten mit Ausrüstung nicht mehr geladen werden. Sie passen also genau auf, welche Kisten an Bord kommen. Sie tragen sie in ihr Labor und packen alles aus, was sie brauchen, um Fische, Meerwasser und Eis zu untersuchen.

Mama ist davon so in Anspruch genommen, dass Felicia es ganz sinnlos findet, sich mit ihr zu unterhalten.

»Kannst du dich inzwischen nicht ein bisschen auf dem Schiff umsehen, mein Schatz?«, fragt Mama.

Sie packt gerade eine Kiste aus und guckt Felicia gar nicht an, während sie redet.

Felicia geht auf die Brücke hinauf, um nachzusehen, ob Anders da ist. Er unterhält sich gerade mit einem der Steuermänner und Felicia bleibt zögernd in der Tür stehen. Aber als er sie entdeckt, winkt er ihr, sie soll hereinkommen.

»Das ist Felicia«, sagt er zu den Männern.

»Sie ist aus Schweden, jetzt hab ich jemanden, mit dem ich Schwedisch sprechen kann. Aber mit euch kann sie Englisch reden, ihre Mama ist nämlich Australierin«, sagt Anders.

»Ich heiße Peter und bin der Kapitän«, sagt ein Mann. Er hat keinen Bart und auch fast keine Haare. »Wirst du leicht seekrank?«

»Das glaub ich nicht«, antwortet Felicia.

Eigentlich weiß sie es nicht. Sie ist noch nicht so oft auf hoher See gewesen.

Die anderen lachen ein wenig, als ob sie etwas wüssten, was sie nicht weiß.

»Mal sehen, wie du mit The Roaring Forties, Furious Fifties und Screaming Sixties fertig wirst«, sagt der Kapitän.

Felicia weiß nicht, wovon er redet, und schaut Anders fragend an.

»Auf Land- und Seekarten hat man die Erde in Vierecke eingeteilt und diese Vierecke nummeriert.

Du musst es dir so vorstellen, als hätte man ein Netz über die Erde gelegt. Die Linien werden Latitüden und Longitüden genannt. Das hat man deshalb gemacht, damit man seine Position bestimmen kann, das heißt, dass man weiß, wo man gerade ist. Hier unten am vierzigsten Breitengrad wird das Meer ›The Roaring Forties‹ genannt. Das bedeutet, das Meer macht Ärger. Am fünfzigsten Breitengrad wird es ›Furious Fifties‹ genannt, das heißt, es ist wütend, und am sechzigsten nennt man es ›Screaming Sixties‹ – das schreiende Meer. Dort ist es nämlich sehr stürmisch. Manchmal sind die Wellen so hoch wie Hochhäuser.«

Das klingt ziemlich unheimlich. Felicia erinnert sich, dass Mama gesagt hat, auf dem Meer werde es sehr schaukeln, aber dass es Ärger macht, wütend wird und schreit, davon hatte Felicia keine Ahnung.

Sie will aber keine Angst zeigen, also sagt sie nichts. Die Männer fangen wieder an, sich zu unterhalten, und vergessen, dass sie dort steht.

Sie sprechen über Reisen, die sie gemacht haben. Felicia hört Anders sagen, dass er schon zweimal in der Antarktis gewesen ist, der Kapitän schon fünfzehn Male. Wenn es so gefährlich wäre, würden sie doch nicht immer wieder dorthin fahren. Oder doch? Weil es so aufregend ist?

Still verlässt Felicia den Raum und geht wieder ins Labor hinunter.

»Gut, dass du kommst«, sagt Mama. »Wir gehen an Deck, gleich legen wir ab.«

Die Falte auf ihrer Stirn ist verschwunden, jetzt kann man wieder mit Mama reden.

Die Menschen strömen an Deck. Als ob alle auf dem Schiff Ameisen wären und gleichzeitig beschlossen hätten, den Ameisenhaufen zu verlassen.

An der Pier stehen auch viele Menschen. Sie benehmen sich ganz verrückt, schreien und winken. Vom Schiff werden Papierschlangen und Toilettenpapierrollen auf die Pier geworfen, als wollten die Reisenden ein letztes Band zu ihren Familien und Freunden an Land herstellen. Es wird lange dauern, ehe sie einander wieder sehen.

Wenn sie sich überhaupt wieder sehen, denkt Felicia plötzlich und packt Mamas Hand ganz fest.

Die Antarktis ist kein heimeliger Platz. Felicia denkt an Bücher, die sie gelesen hat, über Entdeckungsreisende, die dort erfroren, und Schiffe, die in dem eisigen tiefen Wasser untergegangen sind. Aber an so etwas sollte man an einem solchen Tag nicht denken.

»Mama, glaubst du, wir kommen wieder nach Hause?«

»Wie meinst du das?«

»Ob alles gut geht. Stell dir vor, die ›Aurora‹ sinkt?«

»Mein Schätzchen, dies ist ein Stahlschiff. Guck mal genau hin. ›Aurora‹ ist ein Eisbrecher, sie sinkt nicht so leicht. Ich hätte dich nicht mitgenommen, wenn ich befürchtet hätte, dass wir nicht wieder nach Hause kommen.«

»Das hat auch keiner von denen gedacht, die gestorben sind. Dass sie sterben würden, meine ich.«

»Nein, natürlich nicht. Aber man kann auch in einem Auto umkommen, und daran denkt man auch nicht, wenn man einsteigt, und man könnte auch zu Hause im Badezimmer stolpern und sich das Genick brechen. Oder es bleibt einem ein Stück Apfel im Hals stecken. Es gibt viele Arten zu sterben.«

Felicia schluckt. Sie fühlt sich nicht gerade sicherer, wo sie weiß, dass es noch mehr Sachen gibt, vor denen sie sich fürchten muss.

»Wir wollen einfach hoffen und glauben, dass alles gut geht. Glaube, Hoffnung und Liebe, das ist das Wichtigste«, sagt Mama und lächelt.

Aber Felicia kann nicht lächeln.

»Wenn man jeden Morgen beim Aufwachen denkt, ›heute sterbe ich vielleicht‹, ist das doch viel zu anstrengend. Man muss denken, dass alles gut geht. Natürlich muss man vorsichtig sein und keine Dummheiten, nichts Gefährliches machen, aber auch nicht dauernd daran denken, was alles passieren kann. Sonst dreht man ja durch«, sagt Mama.

»Aber vielleicht ist diese Reise ja etwas Gefährliches?«, fragt Felicia.

Mama legt die Arme um sie und schaut ihr in die Augen.

»Weißt du, dass dein Name ›glücklich‹ bedeutet? Du bist nach einer Glücksgöttin benannt. Dann muss es dir gut gehen, verstehst du. Und dies hier ist ein Abenteuer!«

Felicia bohrt ihr Gesicht in Mamas Pullover, um ihren Duft einzuatmen. Jetzt ist es sowieso zu spät, sich alles anders zu überlegen. Das Schiff fährt dorthin, wo es hin soll, und Felicia und ihre Mama müssen mit.

Die Maschinen der »Aurora« laufen. Das Wasser wird von den großen Schiffsschrauben aufgewühlt und wirbelt an den Bordwänden entlang. Jetzt schreien die Menschen noch mehr. Vielleicht tun sie das, damit sie nicht weinen müssen, denkt Felicia. Aber eigentlich sehen sie fröhlich aus, alle, die da unten auf der Pier stehen und auf der Stelle hüpfen und winken, als ob dies ein richtiges großes Fest wäre. Die Menschen werden schnell kleiner und ihre Rufe werden immer schwächer. Die »Aurora« verlässt den Hafen und steuert nach Süden. Zum weißen Süden des Erdballs.

EIN VERRÜCKTER IN DER KÜCHE

»Guck mal, Felicia, wir haben Gesellschaft!«

Mama zeigt auf die Albatrosse, die sie aufs Meer hinaus begleiten. Geschmeidig segeln sie durch die Luft, obwohl ihre Körper für Vögel ungewöhnlich groß sind. Wenn sie ihre Flügel ausbreiten, hätte ein Auto zwischen ihnen Platz. Oder ein Apfelbaum.

»Ich glaube, das ist ein Wanderalbatros«, sagt Mama. »Der Körper ist so lang wie der eines vierjährigen Kindes – mehr als einen Meter.«

Der große grauweiße Vogel gleitet zum Himmel hinauf, ändert plötzlich die Richtung und steuert aufs Meer hinunter, als ob er sich nicht entscheiden könnte, wo zwischen Himmel und Meer er sein möchte.

»Der ist wahrscheinlich schon alt«, sagt Mama, »sein Rücken ist ganz weiß. Sie werden fast so alt wie Menschen, jedenfalls sechzig Jahre.«

Felicia nickt. Sie erinnert sich, was sie vor der Reise in dem Buch gelesen hat.

»Ihre Augen sehen sehr klug aus«, sagt sie. »Als ob sie viel wüssten.«

»Worüber?«

»Vielleicht übers Meer«, sagt Felicia.

»Oder das, was man wissen muss, um fliegen zu können«, sagt Mama.

Das Meer ist ihr Zuhause und fliegen können sie wirklich. In dem Buch über die Antarktis steht, dass sie sich ihre Nahrung aus dem Meer holen und sich ausruhen, während sie auf den Winden segeln. Das Meer ist alles, was sie kennen.

Nur wenn sie Junge haben, suchen sie abgelegene Felsklippen auf. Dort brüten sie und ziehen die Jungen auf.

»Früher haben die Seeleute geglaubt, dass der Albatros die Seele eines toten Seemannes mit sich herumträgt«, erzählt Mama. »Und noch früher, als die Schiffe nichts weiter als Segel hatten und vom Wind abhängig waren, um vorwärts zu kommen, glaubte man, die Albatrosse erzeugten den Wind. Wenn man einen Albatros umbrachte, hörten die Winde auf zu wehen. Die Schiffe lagen in der Flaute auf der Stelle. Wir sehen also den König der Winde vor uns.«

»Ich finde, er sieht eher aus wie eine Königin«, sagt Felicia.

Der Albatros folgt dem Schiff und führt seine Flugkünste vor, als wollte er ihnen zeigen, wie gut er ist.

In einiger Entfernung sind ein paar Fischerboote zu sehen.

»Das sind die letzten Schiffe, die wir für eine Weile sehen. Bald gehört das Meer uns«, sagt Mama und hält das Gesicht in den Wind.

Ihr helles Haar flattert um ihr Gesicht, und es ist ihr anzusehen, dass sie es genießt. Sie möchte immer auf dem Meer sein. Darum wohnen sie auf einer Insel in den südlichen Schären von Göteborg. Mama sagt, das kommt daher, weil sie in den Wüsten von Australiens Binnenland aufgewachsen ist, weit entfernt vom Meer. Jetzt muss sie alles nachholen, was sie verpasst hat. Papa sagt, es ist genau umgekehrt; man gewöhnt sich an die Landschaft, in der man aufgewachsen ist, und sehnt sich immer dorthin zurück, wenn man sie verlässt. ›Du hast keine Ahnung, was es bedeutet, in der Wüste aufzuwachsen‹, faucht Mama dann. ›In der Hitze und dem brennenden Licht – klar dürstet es einen nach dem Meer.‹

Die Sonne steht tief am Horizont und wird gleich versinken. Aber vorher schickt sie ihre warmroten Strahlen über das Meer, das wie eine rote Seidendecke aussieht. Obwohl Felicia weiß, dass sie zur anderen Seite des Erdballs wandert, gefällt ihr der Gedanke, die Sonne nehme ein Bad.

»Jetzt gehen wir runter in den Bauch, ich meine

in die Messe des Schiffes, und schlagen uns den Bauch voll«, sagt Mama.

Felicia überlegt, was sie in ihr Tagebuch schreiben soll, während sie durchs Schiff gehen. Das mit dem Bauch war eigentlich gar nicht schlecht. Die »Aurora« ist wie ein großer Körper. Die Korridore sind wie Adern. Sie winden sich durch das ganze Schiff mit Türen in verschiedene Richtungen.

Das Gehirn, das alles steuert, ist die Kommandobrücke, wo Anders und die anderen Steuermänner stehen, wenn sie das Schiff steuern. Genau wie zu einem Gehirn führen viele Leitungen dorthin. Wenn es zum Beispiel in einem Laderaum zu brennen beginnt, gibt es Alarm auf der Brücke. Die Instrumente dort zeigen an, wo es im Schiff brennt.

Der Maschinenraum mit allen Motoren ist das Herz der »Aurora«. Ohne Herz kommen sie nicht voran. Übrigens auch nicht zurück. Wenn die Maschinen aufhören würden zu funktionieren, würde die »Aurora« einfach in den Strömen des Meeres und der Winde treiben.

Die Messe ist der Bauch. Dorthin gehen alle, um satt zu werden, dann verschwinden sie wieder in den Korridoren und weiter zu den verschiedenen Teilen des Schiffes. Genau wie das Blut in einem richtigen Körper.

Felicia betritt die Messe. Von der Schlange vor

der Essensausgabe schlägt ihr ein gemütliches Stimmengewirr entgegen. Ein Koch mit einer richtigen Kochmütze füllt die Teller. Er sieht wild und ein bisschen verrückt aus mit seinen hellen dünnen Haaren und einem Schnauzbart, der sich an den Enden hochbiegt. Er redet mit allen und lacht laut. Felicia ist nicht sicher, was er gleich tun wird. Sie hält sich dicht hinter Mama, als sie an der Reihe sind. Man kann zwischen mehreren Gerichten wählen, die meisten Leute in der Schlange entscheiden sich für Eintopf mit Fleisch.

»Was hast du für Vegetarier?«, fragt Mama.

Der Koch hält mitten in einer Bewegung inne. Dann lächelt er ein schiefes Lächeln.

»Bist du Vegetarierin?«, fragt er in einem Ton, als ob es das Merkwürdigste wäre, was man sein kann.

»Du siehst aus, als ob ich Kannibale gesagt hätte«, sagt Mama. »Ich hab Vegetarier gesagt.«

Der Koch fängt an, mit dem Kochlöffel zu trommeln, und sieht Mama starr in die Augen, während er summt:

»Ein Vegetarier, ein Vegetarier – isst weder Huhn noch Schwein, da lässt der Koch das Kochen sein.

Ein Vegetarier, ein Vegetarier – isst nur Körner und Rüben, da kann ein Koch die Krätze kriegen.«

Die Melodie gefällt Felicia, aber der Text klingt dämlich. Sie schaut Mama besorgt an. Kriegen sie nun was zu essen oder nicht? Mama zieht ein wenig die Augenbrauen hoch. Das soll heißen: »Ich weiß nicht, wahrscheinlich ist er verrückt«. Das Gemurmel in der Schlange hinter ihnen ist verstummt. Alle fragen sich, was los ist.

Genauso plötzlich wie er angefangen hat zu singen, hört der Koch auf.

»Na, dann seht mal zu, wie ihr in der Antarktis zurechtkommt. Da wächst nämlich kein Grünzeug, soweit ich weiß«, sagt er sauer, als ob sie in seinen Fleischtopf gespuckt hätten.

»Wir haben doch eine Menge mitgenommen«, sagt Mama ruhig.

Sie weiß, dass es außer den frischen Nahrungsmitteln Container an Bord gibt, die tonnenschwer gefüllt sind mit gefriergetrockneter Nahrung. Selbst wenn das Schiff im Eis festfriert und sie in der Antarktis überwintern müssen, soll der Vorrat reichen.

»Hier geht's ums Überleben. Da kann man es sich nicht leisten, so heikel zu sein. Vielleicht esst ihr auch noch Schlittenhunde, wenn es gar nichts anderes mehr gibt. Wie das die Entdeckungsreisenden früher gemacht haben«, sagt der Koch.

»Wenn es so weit ist, verspeise ich lieber einen gut genährten Koch«, antwortet Mama. »Außerdem haben wir keine Schlittenhunde dabei.«

Der Koch verstummt. In seinen Augen blitzt es

auf. Felicia ist nicht sicher, was das bedeutet. Laura Eis und Sara Klara Stein in der Schlange hinter ihnen kichern.

»Ihr sollt aber trotzdem satt werden«, sagt der Koch und räuspert sich. Plötzlich benimmt er sich genauso normal wie die Frauen in der Essensausgabe der Schule, die den Schülern Reis und Gemüse auf den Teller füllen.

»Ihr sollt jedenfalls nicht noch magerer werden, als ihr schon seid«, fügt er hinzu und lächelt fast freundlich.

»Auf dem Weg ans Ende der Welt mit einem verrückten Koch«, murmelt Mama, als sie sich außer Hörweite des Kochs hingesetzt haben.

GEDANKEN IN DER NACHT

Felicia kann nicht einschlafen. Sie ist mit Mama an Deck gewesen und wollte den Mond anschauen, aber er versteckte sich hinter Wolken. Felicia fühlt sich eingesperrt in der Koje und meint, komische Geräusche zu hören. Das Schiff und die drei Schlafenden in der Kajüte geben Geräusche von sich. Mamas Atemzüge kennt sie, aber nicht die der anderen. Manchmal sind draußen auf dem Korridor Schritte zu hören. Auf der »Aurora« schlafen niemals alle gleichzeitig. Immer arbeiten einige, sogar in der Nacht. Die Steuermänner wechseln sich ab, das Schiff zu steuern, die Maschinisten kümmern sich abwechselnd um die Motoren, und die Matrosen kontrollieren, dass alles richtig funktioniert und die Ladung noch an ihrem Platz ist.

Trotzdem fühlt Felicia sich nicht sicher. Sie denkt an Gefahren und sieht schreckliche Bilder vor sich, was alles passieren könnte. Die Maschinen könnten plötzlich ausfallen. »Aurora« könnte einen Eisberg rammen und untergehen. Das Eis könnte so dick werden, dass sich nicht einmal die »Aurora«

hindurchbrechen könnte, und dann friert vielleicht das ganze Schiff im Eis fest und alle an Bord müssen in der Antarktis überwintern. Dann würde Felicia Papa mehrere Monate nicht sehen. Wellen so groß wie Hochhäuser, hatte einer der Offiziere gesagt. Aber wie hoch waren Hochhäuser? Sie könnten ja so groß sein, dass die Wellen das ganze Schiff überspülten, und dann würde es untergehen. Wenn sie das denkt, kann sie nicht einschlafen. Die Ideen, was alles Schreckliches passieren könnte, nehmen überhaupt kein Ende.

Felicia überlegt, was die Entdeckungsreisenden, die vor langer Zeit, als es noch keine modernen Schiffe gab, gedacht haben mochten.

An Bord der »Aurora« braucht niemand zu frieren, es gibt auch Fernsehen und Video. Man kann mit warmem Wasser duschen und überall in der Welt anrufen. Aber eins ist genauso wie damals. Wenn ihnen etwas passierte, würde es schwer sein, Hilfe zu bekommen. Die Entfernungen sind zu groß, um mit einem Hubschrauber vom Festland zu fliegen, und über den Seeweg dauert es lange. Jedenfalls gibt es einen Arzt an Bord, Felicia hat ihn in der Messe gesehen, und er wirkt ziemlich nett.

Sie denkt daran, was sie in dem Buch über die Antarktis gelesen hat. Vor langer Zeit ist die Antarktis ein weißer Fleck auf der Landkarte gewesen.

Die Leute, die damals die Karten gezeichnet haben, konnten den weißen Fleck nicht füllen, weil niemand wusste, wie der südlichste Kontinent der Erde aussah. Expeditionen mit Entdeckungsreisenden aus verschiedenen Ländern machten sich dorthin auf den Weg. Falls sie ein Paradies mit fröhlichen Menschen, hübschen Blumen und Bäumen voller Nüsse und Früchte erwartet hatten, dann wurden sie bestimmt enttäuscht. Wenn sie die stürmische Seereise geschafft hatten, setzten sie die Reise mit Schlitten fort, die von Hunden und den Reisenden selber gezogen wurden. Sie gerieten in Schneestürme, die tagelang andauern konnten. Wenn sie ihre Skier benutzten, mussten sie sich vor tiefen Spalten unterm Schnee in Acht nehmen. Wenn sie in so einen Spalt fielen, war es nicht sicher, dass sie auch wieder herauskommen würden. Es müssen sehr neugierige Menschen gewesen sein, dass sie die Reise trotz aller Beschwernisse fortgesetzt haben.

Die Berichte über die frühen Südpolexpeditionen handeln von Eis, das plötzlich brach oder sich so hingelegt hatte, dass die Menschen nicht dorthin gelangen konnten, wohin sie wollten. Die Menschen erlitten Erfrierungen und hatten fast ständig Hunger. Ihr Schweiß gefror zu Eis auf ihrer Kleidung, die so hart wurde, dass die Menschen sich fast nicht bewegen konnten. Nachts schliefen sie in

Zelten, und es war so kalt, dass sie in ihren nassen Schlafsäcken zitterten. Von schönen Eisbergen und sauberer Natur, wovon Mama immer redet, stand fast nichts in den Berichten.

»Terra Nova«, denkt Felicia. Die Armen, die auf dem Schiff waren! »Terra Nova« hieß das englische Schiff, das 1911 zum Südpol aufbrach. Fast gleichzeitig wurde eine norwegische Expedition ausgerüstet, die auch zum Südpol wollte. Beide wollten als Erste ankommen. Nur Männer durften an diesen Expeditionen teilnehmen. Robert Scott leitete die englische, Roald Amundsen die norwegische Expedition. Sein Schiff hieß »Fram«.

Wer als Erster den Südpol erreichte, durfte die Fahne seines Landes im Schnee aufstellen und sagen, dies Gebiet gehöre seinem Land.

Im Gepäck hatten sie auch Kompasse, damit sie erkennen konnten, wann sie den Südpol erreicht hatten.

Es war eine sehr beschwerliche Reise, aber am 18. Januar 1912 erreichten Scott und seine Begleiter den Südpol. Aber zu ihrer großen Enttäuschung wehte dort schon die norwegische Fahne im Wind. Amundsen und seine Begleiter waren am 14. Dezember 1911 angekommen, nur etwas mehr als einen Monat eher.

Scott hatte den Wettkampf um den Südpol verloren. Nur weil sie nicht die Ersten gewesen waren, meinten sie, sie hätten vergeblich gekämpft. Irgendwie müssen die Engländer aufgegeben haben, denn die Norweger kehrten wohlbehalten nach Hause zurück, die Engländer dagegen nicht. Sie starben auf dem Rückweg zum Basislager vor Kälte, Müdigkeit und Hunger, nur 18 Kilometer entfernt von ihrem Proviant. Auch wenn sie gewusst hatten, dass ihre Reise gefährlich werden konnte, findet Felicia es traurig, dass sie so enden musste. Der Proviant ist wahrscheinlich immer noch da, unberührt. Nichts verdirbt oder verschwindet in der Antarktis, weil die Luft so trocken und so kalt ist. Alles wird gefriergetrocknet.

Felicia muss sich selbst ins Gedächtnis rufen, dass jetzt eine andere Zeit ist. Sie fährt mit einem modernen Schiff. Wenn sie die Antarktis erreichen, haben sie Karten und Schneetraktoren, mit deren Hilfe sie sich vorwärts bewegen können. Genug zu essen haben sie auch. Trotzdem kann sie nicht einschlafen.

Nach einer Weile kriecht sie zu Mama in die Koje.

»Kannst du auch nicht schlafen?«, flüstert Mama und rutscht zur Seite.

»Nein.«

»Alles ist wahrscheinlich zu neu.«

»Mmm.«

Felicia will nicht von ihrer Angst erzählen. Sie

weiß schon, dass Mama nichts gefährlich findet. Sie findet selten etwas gefährlich. Da ist Papa schon ängstlicher. In dieser Beziehung sind sie sich ähnlich, Felicia und Papa. Vielleicht weiß Mama gar nicht, wenn etwas gefährlich ist? Felicia und Mama schweigen eine Weile. Felicia versucht eine gute Schlaflage zu finden, aber es ist zu eng in der Koje.

»Wollen wir an Deck gehen und gucken, ob es Sterne gibt?«, schlägt Mama vor.

Sie ziehen sich warme Sachen über die Pyjamas und schleichen aus der Kajüte, um die anderen nicht zu wecken. Das ganze Schiff wirkt leer, obwohl die Lampen leuchten. Draußen an Deck fährt ihnen der Wind in die Haare, sobald sie die Köpfe hinausstecken. Die Luft ist kalt, das Meer rauscht und die Wolken sind verschwunden.

»Schau mal!«, sagt Mama. »Es scheint, als könnten wir unsere ganze Galaxie sehen!«

»Oh«, sagt Felicia.

So viele Sterne hat sie noch nie gesehen.

»Sie sind so deutlich, weil es hier keine Straßenbeleuchtung oder andere Lichter gibt«, sagt Mama. »Kein anderes Licht erhellt den Himmel als die Sterne und der Mond.«

Zu Hause haben Papa und Felicia häufig am Himmel Ausschau gehalten nach dem Gürtel des Orion, dem Großen Bären und dem Polarstern, die leicht zu finden sind. Aber auf der südlichen Erdhalbkugel sind die Sterne anders. Hier erkennt Felicia kein Sternbild. Aber ihre Mama kennt die Sterne.

»Da wo ich in der Wüste gewohnt habe, gab es auch keine Straßenlaternen. Ich bin nachts oft im Nachthemd nach draußen gegangen und hab mir die Sterne angesehen. Sie waren fast wie meine Freunde. Dort ist der Steinbock«, sagt sie und zeigt auf eine Gruppe Sterne, die wie in einem Dreieck stehen. »Und dort ist das Kreuz des Südens.«

»Und da ist der Mond«, sagt Felicia. »Den guckt Papa vielleicht in diesem Moment an und denkt an uns.«

»Er denkt bestimmt oft an uns«, sagt Mama.

Der Himmel ist so schön und groß, dass Felicia innerlich ganz ruhig wird. All die Lichtpunkte sind wie Zucker über den Himmel verstreut. Sie stellt sich dicht neben Mama und legt den Arm um sie und drückt sie an sich. Die Maschinen stampfen und das Wasser braust vorm Bug. Es klingt rhythmisch und verlässlich wie ein Herzschlag. Felicia ist froh, dass sie mitgefahren ist. Sonst hätte sie nie diese Sterne zu sehen bekommen.

Sie denkt an die Albatrosse, die hier draußen wohnen, und überlegt, was die wohl denken, wenn sie dieses hell erleuchtete Schiff durch die Nacht über ihr dunkles Wasser fahren sehen.

OFFENES MEER

Felicia sitzt in Mamas Labor und schreibt in ihr Tagebuch.

»Erst vor 24 Stunden haben wir in Hobart abgelegt, aber es fühlt sich an, als wäre es eine Woche her. Die Sterne am südlichen Himmel sind genauso schön wie die am nördlichen Himmel. Aber es ist schwer, auf einem Schiff zu schlafen.«

Sie hat keine Lust aufzuschreiben, dass sie gestern Abend ein bisschen Angst hatte.

»Es ist stürmischer geworden. Das Schiff schaukelt, aber ich bin nicht seekrank.«

Dann weiß sie nicht, was sie noch schreiben soll, und geht zu Anders auf die Brücke. Sie möchte ihm zeigen, dass sie nicht seekrank geworden ist, obwohl es schon so viel mehr schaukelt als vorher.

»Das gefällt mir«, sagt er schmunzelnd und schaut durch die großen Fenster.

»Was?«, fragt Felicia.

»Einfach alles zurückzulassen und hinaus aufs Meer zu steuern. Kannst du das Meer riechen?«

Er schnuppert und holt tief Luft.

»Den Geruch hab ich am liebsten«, sagt er zufrieden.

Felicia hat schon eine Weile nicht mehr an die Gerüche gedacht. Auf dem Schiff gab es so viele neue, aber als Anders es jetzt sagt, kann sie das Meer deutlich riechen.

Der Wind nimmt noch mehr zu. Das Meer wird unruhiger, Felicia hat noch nie so große Wellen gesehen. Sie sind hoch und lang. Anders sagt, das Schiff rollt.

»Hier kommt Leben in die Winde«, sagt Anders. »Hier gibt es kein Land und keinen Berg, nichts, was sie bremsen kann.«

Felicia hat ein komisches Gefühl im Bauch. Anders muss es bemerkt haben, denn er sagt:

»Bald passieren wir den fünfzigsten Breitengrad. Die meisten werden seekrank bei diesem Wellengang. Das südliche Eismeer ist tatsächlich das stürmischste Meer der Welt.«

Felicia wartet ein Weilchen, aber bald ist ihr so komisch, dass sie runter zu Mama ins Labor gehen muss. Mama ist sehr beschäftigt und schaut Felicia gar nicht an, als Felicia etwas sagt. Wenn sie es getan hätte, wäre ihr aufgefallen, wie weiß Felicias Gesicht ist.

»Mir ist schlecht«, sagt Felicia unglücklich mitten in Mamas Vortrag, wie toll sie das Labor eingerichtet hat.

Mama hält in einer Bewegung inne und schaut Felicia endlich an. Die sitzt zusammengekrümmt auf einem Stuhl und sieht ganz elend aus.

»Mein Schätzchen«, sagt Mama und legt Felicia eine Hand auf die Stirn. Aber Fieber hat sie bestimmt nicht. »Du bist doch nicht seekrank?«

Felicia nickt unglücklich. Sie will nicht, dass Anders und die anderen oben auf der Brücke Recht kriegen. Und sie will vor allen Dingen nicht, dass ihr so schrecklich schlecht ist.

»Ich weiß, was wir machen«, sagt Mama. »Warte mal.«

Sie führt Felicia in die Kajüte und stellt einen Eimer neben ihre Koje. Dann holt sie etwas aus ihrer Tasche und verschwindet zur Tür hinaus. Felicia wäre es lieber gewesen, wenn sie geblieben wäre.

Sie schließt die Augen und versucht an etwas Schönes zu denken. Sie denkt an den Vergnügungspark in Göteborg und Alices Geburtstagsfeier. An Alices Kaninchen, Sot und Sandöra, und ihre gestreifte Katze Fuxe.

Nach einer Weile betritt jemand die Kajüte, aber das ist nicht Mama. Sara Klara Stein schwankt zu ihrer Koje und streckt sich mit einem Stöhnen aus.

»Du auch«, flüstert sie Felicia zu.

»Mm.« Mehr bringt Felicia nicht heraus.

Sie sieht, wie Sara Klara Stein ihren Glücksstein fest in die Hand nimmt.

Wieder geht die Tür auf und Laura Eis kommt mit einem Eimer im Arm herein. Sie sagt kein Wort, geht auf ihre Koje zu und legt sich hin, den Eimer in Reichweite.

Endlich kommt Mama wieder. Sie hat einen Becher in der Hand. Darin ist etwas, das Felicia trinken soll.

»Ich kann nicht«, flüstert Felicia.

»Doch«, sagt Mama. »Das ist abgekochter frischer Ingwer. Das hilft, ich versprech es dir!«

Felicia nimmt einige Schlucke, ruht sich eine Weile aus und trinkt wieder.

Mama streichelt ihr langsam den Rücken wie früher, wenn Felicia nicht einschlafen konnte. Für einen Augenblick döst sie ein. Als sie wieder wach wird, sitzt Mama zusammengerollt in der Koje und liest.

»Geht's dir besser?«, fragt sie.

Felicia nickt. Sie fühlt sich tatsächlich schon viel besser. Vorsichtshalber trinkt sie den Becher ganz aus. Nachdem sie noch eine Weile in dem Buch über die Antarktis gelesen hat, fühlt sie sich so frisch, dass sie aufstehen kann.

Sara Klara Stein schaut sie verwundert an.

»Was hast du ihr eigentlich gegeben? Nein, übrigens, es ist mir egal. Wenn's nur gegen Seekrankheit hilft. Ich bestell dasselbe.«

»Ich auch«, stöhnt Laura Eis. »Gib mir dieses Hexengebräu aus Drachenblut oder was das nun ist.«

»Drachenblut«, schnaubt Mama. »Schon seit Hunderten von Jahren benutzt man Ingwer gegen Seekrankheit.«

Sie verschwindet wieder und kehrt mit zwei Bechern zurück, die sie Sara Klara Stein und Laura Eis reicht.

»Jetzt werdet mal gesund«, sagte Mama. »Felicia und ich gehen jetzt essen.«

Die beiden Seekranken stöhnen, als Mama das Wort »essen« ausspricht.

Die Schlange vor der Essensausgabe ist kurz. Es scheint etliche zu geben, die nicht fertig werden mit dem aufgewühlten Meer.

WAHNSINNIGES WASSER

Felicia und die anderen in der Kajüte nehmen jeden Abend, bevor sie schlafen gehen, und morgens vorm Aufstehen einen Schluck vom abgekochten Ingwer-Wasser. Laura Eis nennt es immer noch Drachenblut. So können sie wie immer essen und es geht ihnen gut, obwohl es ordentlich schaukelt.

Jetzt sind sie schon fast eine Woche unterwegs. Felicia hat eine Stelle in einer Ecke des Labors gefunden, wo sie gern sitzt. Mama ist mit ihrer Arbeit beschäftigt und Felicia macht Hausaufgaben. Wenn sie eine Pause braucht, geht sie hinauf zu Anders auf die Kommandobrücke. Aber er ist stiller als sonst. Felicia überlegt, ob er sie nicht mehr gern in seiner Nähe hat.

»Bist du sauer?«

»Sauer? Warum sollte ich sauer sein?«

»Du sagst fast nichts.«

»Ich muss mich konzentrieren. Ich halte Ausschau nach Growlers, das sind große Brocken Gletschereis, mit denen wir nicht kollidieren dürfen.

Sie sind gefährlich, weil sie genau in Höhe der Wasseroberfläche schwimmen und dadurch schwer zu entdecken sind. Aber vielleicht willst du mir beim Aufpassen helfen?«

»Vielleicht. Aber ich weiß ja nicht, wie die aussehen.«

Anders lacht.

»Es sind Stücke von alten Eisbergen. Das Gemeine ist, dass sie unter der Wasseroberfläche riesig sind, obwohl sie oberhalb kaum zu sehen sind. Nachts kann man sie fast gar nicht entdecken. Sie sind türkisblau, ändern aber ihre Farbe im Wasser und können genauso grau wie das Meer werden.«

Felicia steht still da. Sie hat wirklich keine Lust, mit so einem Ding zusammenzustoßen.

»Du darfst ein bisschen steuern, wenn du möchtest. Das hab ich dir versprochen«, sagt Anders.

Felicia zögert. Kann sie wirklich dieses riesige Schiff steuern? Was passiert, wenn sie etwas falsch macht?

»Komm, probier mal«, sagt Anders und geht zur Seite, damit sie an den kleinen Hebel heranreicht.

»Du darfst nur keine heftigen Bewegungen machen«, sagt Anders. »Und guck nach vorn.«

Vorsichtig hält Felicia den Hebel und schaut nach vorn. Ständig erheben sich riesige Wellen aus dem Meer. Unter ihr dröhnen Tausende von Tonnen Stahl, und sie hält das Schiff auf dem richtigen Kurs.

»Gut.« Anders nickt. »Kein Eis?«

Felicia späht über die Wasseroberfläche und schüttelt den Kopf.

»Wenn ich hier stehe, muss ich auch Ausschau halten nach dunklen Wolken. Die bedeuten Unwetter und da muss ich auf der Hut sein.«

Anders geht zum Kompass und sagt:

»Mal sehen, ob du den Kurs hältst. Mmm, ein bisschen backbord müssen wir.«

»Backbord?«

»Nach links. So, ja. Gut, jetzt sind wir wieder auf dem richtigen Kurs.«

Felicia überlegt, ob sie Kapitän werden möchte, als Anders plötzlich sagt:

»Jetzt passiert es bald.«

»Was?«

»Wir kommen zum wahnsinnigen Meer.«

Felicia hatte geglaubt, dass sie längst dort gewesen waren. Sollte es wirklich noch mehr schaukeln als bisher?

»Da! In diesem Moment haben wir den fünfzigsten Breitengrad passiert. Jetzt sind wir in The Furious Fifties – dem wahnsinnigen Meer.«

Felicia kann richtig sehen, wie das Meer seine

Wellen hochschleudert. Das Schiff fährt wie auf einer Berg- und Talbahn.

»Wie sehr kann es eigentlich stürmen?«, fragt Felicia.

»Sehr viel mehr, als du glaubst. Hier kann sich das Meer aufrichten, dass sich die See über das ganze Schiff ergießt. Vielleicht erlebst du das ja mal!«

Felicia sagt nichts. Sie schaut in den Himmel. Der ist dunkelgrau, aber die Wasseroberfläche schäumt von all den Wellen, die sich geradewegs in den Himmel erheben, bevor sie sich wieder senken. Es ist, als wären sie nicht zufrieden mit ihrem Platz auf der Welt und wollten lieber hinauf zu den Wolken.

Felicia wünscht, sie würde einen Wal sehen, nur einen kleinen, einen einzigen.

»Hallo, Lydia«, sagt Anders plötzlich.

Seine Stimme klingt sehr froh.

Ohne dass Felicia es gemerkt hat, ist eine Frau hereingekommen. Felicia hat noch nie mit ihr gesprochen, aber ihre langen braunen Haare und grauen Augen sind ihr in der Messe aufgefallen. Sie sieht fast wie eine Meerjungfrau aus.

»Aha, bist du der Kapitän«, sagt sie zu Felicia.

»Und wer bist du?«, fragt Felicia.

»Ich fahre mit, um für den Radiosender zu Hause in Sydney zu berichten, was auf dem Forschungsschiff passiert.«

»Sie ist Reporterin«, erklärt Anders.

»Ich wollte Steuermann Anders interviewen, aber da er die ›Aurora‹ gerade nicht steuert, muss ich wohl mit dir reden.«

»Erzähl zu Hause in Australien lieber nicht, dass unser Steuermann zehn Jahre alt ist«, sagt Anders.

Lydia lacht, nimmt ein Tonbandgerät aus einer kleinen Tasche und setzt sich Kopfhörer auf. Das Tonbandgerät ist klein wie ein Walkman, aber das Mikrofon ist groß. Sie schaltet es ein und bittet Anders zu sagen, wie er heißt. »Dann fangen wir also an.«

Sie hält das Mikrofon in Höhe des Mundes, und ihre Stimme klingt wie im Radio, als sie sagt:

»Ich bin hier oben auf der Brücke bei Steuermann Anders Edvardsson aus Schweden. Wir sind jetzt auf den Furious Fifties und müssen wahrscheinlich innerhalb der nächsten 35 Stunden mit Sturm rechnen, denn so häufig sind Stürme in diesem Breitengrad. Die Windstärken hier sind erheblich, und die Wellenberge türmen sich auf, aber die »Aurora« reitet trotz ihres mächtigen Gewichts, 6.574 Tonnen plus Last und Passagiere, auf den Wellenkämmen. Im Augenblick herrscht ruhiges Wetter, aber Regenschauer, Schnee- und Hagelböen lösen einander in diesen Gewässern ständig ab. Ursache für die extremen Wetterverhältnisse ist unter anderem die Westwindtrift. Dabei strömt das Wasser von drei Meeren zusammen – dem Indischen Ozean, dem Stillen Ozean und dem Atlantik – und wird von den Winden nach Osten getrieben. Hier sind die höchsten Wogen der Welt gemessen worden, bis zu 25 Metern. Neben mir steht Anders und steuert die ›Aurora‹ durch die See. Warum hast du dich für den Job entschieden, Anders?«

»Das hat vermutlich mit Abenteuerlust zu tun. Früher habe ich große Teile der Welt bereist, jetzt, da ich Steuermann bin, kann ich während der Arbeit reisen. Und nach der ersten Fahrt in die Antarktis wollte ich unbedingt wieder hin.«

»Warum? Was ist so faszinierend an der Antarktis?«

»Dort gibt es die unberührteste Natur. Außerdem ist das Tierleben faszinierend, nirgendwo kann man Albatrossen, Pinguinen und Robben näher kommen.«

Hört er denn überhaupt nicht auf zu reden, denkt Felicia. Ihre Augen tränen von der Anstrengung, nach dunklen Wolken und Eisschollen Ausschau zu halten.

»Dann sind da noch die Eisberge. So eine Landschaft gibt es nirgends auf der Welt.«

»Jetzt reicht es«, sagt Felicia.

»Wie bitte?«, sagt Anders.

»Ich kann nicht mehr hier stehen und Ausschau halten«, sagt Felicia und überlässt Anders den Hebel.

»Das war unsere jüngste Antarktisreisende, die wir eben hörten. Sie ist zehn Jahre alt und kommt aus Schweden. Sie darf ihre Mutter auf dieser Reise begleiten ...«

Felicia hört nicht mehr, was Lydia noch sagt. Sie verlässt die Brücke und geht an Deck. An Bord sind so viele Menschen, dass man ständig jemandem begegnet.

Sara Klara Stein ist auch auf dem Weg hinaus aufs Deck und Felicia folgt ihr.

An der Reling stehen der Arzt Ron und der Meteorologe Steve. Vielleicht reden sie übers Wetter und spähen dabei übers Wasser. Immer noch folgen die Albatrosse dem Schiff, als würden sie es beschützen.

Wenn im Albatros die Seele eines ertrunkenen Seemanns wohnt, dann ist es ja kein Wunder, denkt Felicia. Die wissen, wie es ist zu ertrinken, und wollen andere davor bewahren.

»Was steht ihr da herum?«, fragt Sara Klara Stein Ron und Steve.

»Wir glauben, wir haben einen Pottwal entdeckt«, sagt Ron und zeigt in eine Richtung. Er hat ein Fernglas und kann vermutlich weit schauen, Felicia sieht nur Dunst und graues Wasser mit schäumenden Wogenkämmen. Aber als sie genau hinschaut, sieht sie etwas großes Graues aus dem Wasser ragen. Es sieht aus wie ein Felsen mit einem Kopf und Knubbeln auf dem Rücken. Das Etwas liegt ganz still auf der Meeresoberfläche und scheint zu schlafen.

»Das ist ein Pottwal«, sagt Sara Klara Stein. »So einer wie in ›Moby Dick‹. Die sind ungewöhnlich.«

»Warum?«, fragt Felicia.

»Weil sie im Kopf ein Luftloch mit Öl haben, und an dieses Öl wollen die Menschen heran. Die Wale sind 300 Jahre wegen des Öls gejagt worden. Pech für sie, dass sie so viel davon haben, 5.000 Liter oder so.«

»Und wofür braucht man es?«

»Es ist für Getriebe, Lippenstifte, Hautcremes und Kerzen benutzt worden.«

»Aber die Wale, ich meine, wofür brauchen die das Öl?«

»Vermutlich zum Jagen. Das Öl in ihrem Kopf funktioniert wie ein Echolot, so was, wie es die Fischdampfer benutzen, wenn sie nach Fischschwärmen suchen. Sie schicken Signale aus, und nach dem Echo, das zurückkommt, wissen sie, ob sich etwas im Wasser befindet und wie weit es entfernt ist.«

»Können die Wale nicht einfach nur nach Fisch schauen und so etwas, was sie essen?«

»Häufig jagen sie tief am Meeresboden, wo es ganz dunkel ist, nach Tintenfisch. Dort leben die riesigen Tintenfische. Außerdem glaubt man, dass sie das Öl in ihrem Kopf benutzen, um Geräusche zu verstärken, so dass sie die Tintenfische mit Überschallgeräuschen erschrecken.«

»Aber das weiß niemand genau?«

»Niemand weiß es mit Sicherheit.«

»Niemand scheint irgendwas mit Sicherheit zu wissen, wie es früher auf der Erde war, wie die Erde entstanden ist, nichts.«

»Nein, darum ist es doch so spannend, finde ich«, sagt Sara Klara Stein.

»Das finde ich nicht. Ich möchte es wissen«, sagt Felicia.

»Es gibt noch etwas Aufregendes bei den Pottwalen. Wale können von unterschiedlichen Enden des Meeres miteinander reden. Sie brauchen kein Telefon. Und sie haben eine eigene Sprache, eine Art knipsende Geräusche, die sie benutzen, wenn sie sich unterhalten. Ihre Gehirne sind sehr gut entwickelt, deshalb glaube ich, dass sie Gefühle haben genau wie wir.«

»Weiß man das auch nicht genau?«

»Nein, aber viele glauben, dass es so ist. Leider ist

es sehr schwer geworden, sie zu erforschen, weil es nur noch so wenige Pottwale gibt. Eine Weile waren sie fast ausgerottet. Jetzt ist es verboten, jede Art Wale in der Antarktis zu jagen, außer Nerzwalen. Aber wir wissen nicht, ob das reicht, damit sich die Pottwale wieder vermehren.«

»Das wäre aber sehr traurig.«

»Ja, wirklich. Sie hat es viel länger auf der Welt gegeben als uns. Schau ihn dir jetzt an!«

Der Pottwal spritzt einen Strahl Dampf schräg vor sich und verschwindet dann unter der Wasseroberfläche.

Danke, denkt Felicia, danke, dass ich dich sehen durfte!

EINE UNSICHTBARE GRENZE IM MEER

Nach dem Essen bleiben Mama, Felicia, Laura Eis, Sara Klara Stein, Ron und Steve am Tisch sitzen und unterhalten sich. Niemand hat es besonders eilig, alle können sich Zeit lassen. Felicia kommt es so vor, als hätten alle auf der »Aurora« viel mehr Zeit als zu Hause.

Sie hört den Erwachsenen gern zu. Sie erzählen von anderen Reisen, die sie unternommen haben. Ron und Steve sind schon mal in der Antarktis gewesen. Sie haben dort sogar schon einmal überwintert und wollen es jetzt wieder tun.

»Wie könnt ihr nur so lange dort wohnen wollen?«, fragt Felicia.

»Fünf Monate sind doch eine kurze Zeit«, sagt Steve.

»Das Schlimmste ist, zurück nach Hause in verschmutzte Städte zu kommen, in denen es vor Menschen wimmelt. Das ist wirklich schwer«, sagt Ron.

»Ganz abgesehen von all den Autos, dem Lärm und den Abgasen. So was gibt's hier unten nicht«, sagt Steve.

»Hier ist es ja bestimmt sehr einsam, nicht?«

»Nein, man empfindet eine wunderbare Ruhe, die es seit mehreren hundert Jahren in unserem Teil der Welt nicht mehr gegeben hat«, sagt Ron.

»Seid ihr sicher, dass ihr nicht vergessen habt, wie langweilig es manchmal ist?«, fragt Mama.

»Manchmal fühlt man sich ein wenig merkwürdig. Wenn man mehrere Tage nicht draußen gewesen ist, weil es so stürmt, und wenn man alle Videofilme fünfmal gesehen hat und man das Gefühl hat, man will nie mehr mit den anderen reden. Das passiert schon«, sagt Ron.

»Hab ich's mir doch gedacht«, sagt Mama.

»Findest du es langweilig an Bord?«, fragt Steve.

Felicia findet das nicht. Noch nie haben Mama und sie so viele Spiele gespielt wie jetzt. Nicht einmal damals, als Felicia die Windpocken hatte. Sie spielen alle Arten Kartenspiele und oft machen Laura Eis und Sara Klara Stein mit.

Felicia hat sich daran gewöhnt, die Kajüte mit ihnen zu teilen. Ihr gefällt es, sie morgens reden zu hören, wenn sie wach wird. Und wenn sie kurz vorm Einschlafen ist, ist es behaglich, Laura Eis mit ihrer Stickerei und Sara Klara Stein mit einem Buch zu sehen.

Aber jetzt will sie nicht mehr am Tisch sitzen und reden. Sie bringt ihr Tablett zur Spüle. Der

Koch entdeckt sie und zwinkert ihr mit einem Auge zu.

»Hast du heute Mohrrüben gegessen? Die haben geschrien, als ich sie aus der Erde zog«, sagt er und lacht laut über seinen blöden Witz.

Felicia überredet Mama, mit ihr auf die Brücke zu Anders zu gehen.

Er sieht zufrieden aus hinter seinen Instrumenten und guckt durch das große Fenster zum Horizont.

»Ja, jetzt geht's los. Aber ich werd mit ihr fertig«, sagt er und meint das Schiff.

»Und wenn nicht? Wenn es so sehr stürmt, dass du glaubst, wir werden sinken?«

»Das wäre natürlich nicht so schön. Aber ein kleiner Sturm muntert einen so richtig auf«, sagt er und lacht.

Felicia schnaubt. Warum glauben manche Jungs, dass sie so sein müssen?

»Mir gefällt jedes Wetter, so ist das nun mal«, sagt er.

»Du bildest dir wohl ein, dass du mit allem fertig wirst«, sagt Felicia.

Anders wird ernst.

»Nein, ich hab Respekt vor dem Meer. Man soll sich nicht einbilden, man könnte es beherrschen, das kann keiner. Im Gegenteil, man muss aufmerksam sein und versuchen vorauszusehen, wie sich das Meer verhalten wird. Aber es ist ein gutes Gefühl, wenn man das tut«, sagt er.

Felicia schaut hinaus und denkt darüber nach. Es gibt niemanden, der das Meer beherrscht. Das kann man sehen, wenn man es betrachtet, so groß und tief wie es ist, wer sollte also auf so bescheuerte Ideen kommen?

»Bald passieren wir die Konvergenz.«

»Die Konvergenz?«

»Das ist die Grenze der Antarktis im Meer«, sagt Mama. »Kalte Strömungen, die nach Norden gehen, treffen auf wärmeres Wasser. Da sinkt das kalte unter das wärmere Wasser in einem Wassergürtel, der vier Meilen breit ist.«

»Wie weiß man denn, wenn man dort ist?«

»Das spürt man in der Luft, wenn man rausgeht. Sie wird schärfer, kühler und diesiger. Aber die Grenze ist natürlich unsichtbar. Es ist das Tor zur Antarktis. Nach der Konvergenz kommen bald Eisberge und Packeis und dann wird das Meer ruhiger«, sagt Anders.

Draußen fällt Schnee, aber wenn die Schneeflocken die Wasseroberfläche berühren, werden sie verschluckt und verschwinden. Für einen Augenblick öffnen sich die Wolken und lassen goldgelbes Sonnenlicht hindurch. Es ist schön wie ein Gemälde. Dann schließen sich die Wolken wieder und alles wird dunkelgrau.

»Wollen wir mal sehen, wer als Erster einen Eisberg entdeckt? Alle legen einen Dollar in einen Topf, und wer den richtigen Tag und die richtige Zeit errät, gewinnt das Geld«, schlägt Anders vor.

»Aber wenn keiner richtig rät?«

»Dann kriegt der das Geld, der dem Zeitpunkt am nächsten kommt«, sagt Anders.

»Aber dann müssen wir ja dauernd nach Eisbergen Ausschau halten«, sagt Felicia.

»Das ist doch das Gute daran. Für uns auf der Brücke ist das eine Hilfe«, sagt Anders.

Er hängt in der Messe eine Liste an die Wand. Auf der können alle eintragen, was sie raten. In den Topf, den er daneben stellt, legt er den ersten australischen Dollar. Felicia hat keine Ahnung, aber sie tippt auf den 24. September, zwanzig vor zwei am Nachmittag. Jedenfalls will sie zu dem Zeitpunkt nach Eisbergen Ausschau halten.

AURORA BOREALIS

Abends spielt Felicia Karten mit ihren Mitbewohnern. Das Kartenspiel heißt 31, dabei kommt es darauf an, 31 Punkte in derselben Farbe zu machen. Beim ersten Mal gewinnt sie, die beiden anderen Male Laura Eis. Beim vierten Mal ist Felicia nahe daran zu gewinnen, aber Laura Eis bekommt ein As und gewinnt auch diesmal.

»Ich hab Glück im Spiel und Pech in der Liebe«, sagt sie, als sie die Karten einsammelt.

»Ich möchte in beidem Glück haben«, sagt Felicia und gähnt.

»Wer möchte das nicht«, sagt Sara Klara Stein. »Ich glaub, ich hab überhaupt kein Glück.«

»Ach, ihr seid noch so jung. Ihr habt schon noch Glück«, sagt Mama und teilt noch einmal Karten aus.

Felicia ist zu müde für eine weitere Runde. Sie geht in das winzige Bad und putzt sich die Zähne. Als sie ihr Gesicht im Spiegel sieht, meint sie, gewachsen zu sein. Woran das liegt, weiß sie nicht. Sie sieht einfach ein bisschen älter aus als zu dem Zeitpunkt, als sie von Schweden abreiste.

Mama legt sich neben Felicia und liest ihr etwas vor. Das macht sie jeden Abend. Keiner von beiden will damit aufhören, obwohl Felicia natürlich schon lange selber lesen kann. Sie haben mehrere Bücher mitgenommen, darunter Volkssagen und Märchen. In der Bibliothek an Bord kann man sich nur Bücher für Erwachsene leihen.

Sie lesen das Märchen von der »Schneekönigin«. Felicia hört es gern, was die kleine Gerda und Klaus alles erleiden müssen, bis sie endlich glücklich werden. Sie hat das Märchen schon viele Male gehört, aber sie findet es immer noch nicht langweilig. Es ist, als würde sie jedes Mal etwas Neues entdecken, wenn sie es hört.

Als sie einschläft, spielen Laura Eis und Sara Klara Stein immer noch Karten. Wenn Felicia nicht genau hinhört, was sie reden, klingen ihre Stimmen wie eine Melodie.

Sie scheint gerade eingeschlafen zu sein, da klopft es an die Kajütentür.

»Südlicht! Auroras!«, ruft jemand auf dem Gang.

Sie ist ganz verschlafen, aber Mama treibt sie zur Eile an.

»Komm mit, dann kriegst du etwas zu sehen!«

Es ist noch nie passiert, dass Mama sie in der Nacht aus dem Bett geholt hat. Felicia versteht, dass es um etwas Wichtiges gehen muss.

Jetzt ist es so weit, dass sie alles anziehen muss, was sie hat – die Thermo-Unterwäsche, Jeans, Pullover, dicke Strickjacke, Thermojacke, gefütterte Stiefel, Schal aus Kamelhaar, Fäustlinge und eine Art Mütze fürs Gesicht mit Löchern für Augen und Mund.

Felicia ist so verschlafen, dass sie kaum einen Fuß vor den anderen setzen kann, aber Mama hält sie um die Schultern und schiebt sie im Gang vor sich her.

»Das musst du einfach sehen!«, sagte sie. »Südlicht!«

Mehrere Kajütentüren werden geöffnet und heraus kommen dick angezogene aufgeregte Leute.

Draußen an Deck wird Felicia hellwach, als die Kälte ihr entgegenschlägt. Sie durchdringt alle Kleiderschichten. Es ist vollkommen dunkel, aber hin und wieder wird der Himmel von einem merkwürdigen Licht erhellt. Es beginnt wie ein Zaun am Horizont in Gelb und Neongrün. Dort steigen Lichtpfeiler in den Himmel. Nach einer Weile breiten sich Schleier über das ganze Himmelsgewölbe aus. Felicia denkt, wenn es einen Gott gibt, dann ist dies wahrscheinlich sein Winteratem. Die anderen an Deck atmen keuchend, als die Schleier plötzlich die Farbe ändern und blaugrün und rotgelb werden.

Vielleicht ist das aber auch das Lichterspiel der Engel, denkt Felicia.

Mama drückt sie an sich.

»Ist das nicht fantastisch?«, flüstert sie.

»Ja«, sagt Felicia.

»Die Erscheinung hat auch einen schönen Namen, Aurora Borealis.«

Aurora Borealis, wiederholt Felicia für sich. Aurora Borealis.

Aber wie soll sie das Papa und Alice erklären? So etwas hat sie noch nie gesehen. Vielleicht das Feuerwerk des Himmels?

»Weißt du, wie die Maori, die Ureinwohner von Neuseeland, das Südlicht nennen?«, fragt Mama.

»Nein.«

»Das große Feuer am Himmel.«

Das ist ein guter Name. Lange stehen sie still da und schauen sich das große Feuer am Himmel an.

Als ihre Füße vor Kälte erstarren, kehren sie in die Kajüte zurück. Mama setzt sich auf die Kojenkante und versucht zu erklären, was Südlicht eigentlich ist.

»Das hat mit den beiden Polen des Erdballs zu tun. Wenn man sich vorstellt, man ist selbst draußen im Weltraum und schaut von dort auf die Erde, dann liegen die beiden Pole ganz oben auf dem

Erdball. Die Erde ist von einem Plasma umgeben, das sich dank des Magnetfeldes der Erde hält. Aber an den Polen ist in dem unsichtbaren Magnetfeld ein Loch. Dort dringt das Plasma mit Hilfe der Sonnenwinde in unsere Atmosphäre ein.«

»Was ist in dem Plasma drin?«

»Darin sind Elektronen enthalten, die einen Tanz in der Luft verursachen, so kann man es ausdrücken. Die bringen geladene Partikel in Schwung und treffen auf Atome und Moleküle. Das ist es, was wir als Lichtschein sehen.«

»Sehr merkwürdig.«

Felicia ist nicht sicher, ob sie das mit dem Plasma verstanden hat, aber ihr gefällt der Gedanke, dass die Elektronen mit dem Sonnenwind kommen und einen Tanz aufführen, der als Farbenlicht am Himmel erscheint. Besser noch gefällt ihr die Vorstellung, dass ein großer weißer Mann sich aus dem Weltraum neigt und mit seinem Atem Farben einhaucht. Oder Engel, die vom Himmel herabfliegen.

»Verstehst du?«, fragt Mama.

»Nein.«

»Es ist schwer zu erklären. Aber stell es dir vor wie eine Begegnung zwischen der Erde und dem Weltraum. Wahrscheinlich ist es das auch.«

Felicia schläft ein mit einem Vorhang aus Licht vor ihren Augenlidern.

MORGENLIED

Eines Morgens wird Felicia von etwas Ungewöhnlichem geweckt. Sie hört Musik, eine traurige Melodie, die fast wie Volksmusik klingt. Das ist Laura Eis, die auf einer Querflöte spielt. Sie sitzt auf ihrer Bettkante mit der Flöte und die Noten liegen auf einem Stuhl daneben. Felicia wusste nicht, dass sie so schön spielen kann. Dass sie überhaupt spielen kann.

»Wie schön«, sagt Felicia, als Laura Eis ihre Flöte weglegt.

»Ich muss üben«, sagt Laura Eis. »Sonst vergesse ich, wie man es macht. Aber ich vergesse auch das Üben.«

Felicia denkt, dass sie ihre Blockflöte hätte mitnehmen sollen, aber auf die Idee ist sie überhaupt nicht gekommen, als sie ihren Koffer packte. Normalerweise hat sie überhaupt keine Lust zu spielen, aber als sie Lauras Flöte hört, bekommt sie Lust.

Mama und Felicia drehen wie gewöhnlich ihre Runde an Deck. Felicia hält Ausschau nach Eisbergen, kann aber keinen einzigen entdecken. Stattdessen sieht sie einen schwarzen Felsen, der sich aus dem Meer erhebt. Ehe sie kapiert, was sie sieht, spritzt der Felsen eine Fontäne Wasser.

»Ein Wal«, keucht Felicia. »Ein Wal und so nah!«

»Das ist ein Finn- oder Heringswal«, sagt Mama. »Dem gefällt es hier in der Antarktis, wo er viel zu fressen findet.«

»Fressen die Heringe?«

»Sie fressen kleine Krebstiere, die Krill heißen. Das sind so was wie Minikrabben. Es ist schon merkwürdig, dass Wale, die bis zu 40 Tonnen wiegen können, tatsächlich von so kleinen Tieren satt werden können.«

»Wahrscheinlich fressen sie viele davon.«

»Ganze Schwärme.«

Sie gehen zum Frühstück. Der Koch ist zum Scherzen aufgelegt und summt lächelnd einen Reim.

»Ein Vegetarier, ein Vegetarier – isst weder Schwein noch Huhn ... – was bleibt da für den Koch zu tun?«

»Wie schön, dass du eine neue Platte aufgelegt hast«, sagt Mama.

Sie frühstücken an einem langen Tisch. Felicia hört gern die Gespräche um sich herum. Sie schnappt Bruchstücke auf und in ihrem Kopf formt sie sie um und fügt sie neu zusammen. Sie versteht nicht alles, was sie hört, aber das macht nichts. Sie stellt sich vor, sie sei der Kapitän und alle seien auf einer Reise um die Erde. Von der Antarktis werden sie weiter nach Afrika fahren, dort werden sie im warmen Meer baden und auf Safari gehen und sich wilde Tiere in den Savannen angucken. Abends werden sie Feuer anzünden und afrikanische Tänze tanzen.

»Komm, Felicia, wir gehen ins Labor«, sagt Mama und steht auf.

Felicia muss ihre Fantasiereise abbrechen und mitgehen.

Mama ist sehr beschäftigt, denn die Robbenjagd steht bevor. Nicht die Art Robbenjagd, wie sie früher war, als Jäger in die Antarktis kamen und viele, viele Robben wegen ihres Fells töteten. Mamas Robbenjagd wird kein bisschen blutig, hat sie gesagt. Sie will die Robben nur im Netz fangen, an ihnen einen kleinen Radiosender befestigen und sie dann wieder freilassen. Die Radiosender ermöglichen es, den Robben zu folgen und herauszufinden, wie sie leben. Die Forscher können weit entfernt sein von den Robben, sogar so weit weg wie in Europa, und sie trotzdem auf ihrer Reise durch das Eiswasser hier unten begleiten.

Aber es ist nicht leicht, Robben zu fangen. Mama redet die ganze Zeit davon, wie sie es anstellen will.

Sie lässt sich ständig neue Taktiken einfallen und ändert sie wieder. Dann fragt sie Felicia nach ihrer Meinung zum neuen Plan. Felicia antwortet, er klingt gut. Trotzdem ändert Mama ständig ihre Pläne.

Felicia macht Mathe, zwei Seiten mehr als sie muss. Dann nimmt sie das Antarktisbuch vor. Das ist spannender zu lesen, jetzt, wo alles so nah ist. Felicia liest lange vom Schnee und dem Eis in der Antarktis, bevor sie nach oben zu Anders geht, um ihm zu erzählen, was sie gelesen hat.

»Hast du schon Eisberge gesehen?«, fragt sie.

Anders schüttelt den Kopf. Noch keine Eisberge. Er seufzt zufrieden und schaut durch seine Sonnenbrille aufs Meer und in das starke Licht.

Da ertönt ein scharfes Kratzen. Es klirrt an der Außenseite der Bordwand. Felicia sieht Anders besorgt an. Aber er sagt nur:

»Das ist Pfannkucheneis. Wir sind jetzt im Packeis.«

Im Wasser treiben Eisschollen, die sind rund wie Pfannkuchen.

»Bald kommen wir in dickeres Eis. Dann muss die ›Aurora‹ beweisen, dass sie ein Eisbrecher ist«, sagt Anders.

»Ist es nicht anstrengend, dauernd nach Eisbergen Ausschau zu halten?«, fragt Felicia.

»Die großen gehen ja noch, die kann man auf dem Radarschirm sehen, aber die kleinen sind heimtückisch. Die können 400 Tonnen wiegen. Die sind sogar für die ›Aurora‹ gefährlich.«

Soll sie etwa jetzt daran denken, wo sie schlafen gehen will. Wie anstrengend!

»Wie seht ihr sie denn in der Nacht, wenn es dunkel ist?«

»Wir fahren doch mit eingeschalteten Scheinwerfern. Dann sehen wir die Reflexe auf den Eisbergen.«

Im Buch über die Antarktis steht, dass die Eisberge einmal Teil eines Gletschers in der Antarktis waren, die sich von dem gefrorenen Kontinent gelöst haben und ins Meer getrieben wurden. Selbst große Eisberge sind unter der Wasseroberfläche noch größer. Ein Teil ragt übers Wasser, zehn Teile verbergen sich darunter. Darum kommt es darauf an, nicht mit einem Eisberg zusammenzustoßen. Stößt man bei großer Geschwindigkeit darauf, kann das Schiff beschädigt werden und untergehen. Nicht einmal die stahlharte »Aurora« kann so einen Zusammenstoß aushalten.

Felicia möchte Anders gern erzählen, was sie gerade gelernt hat.

»Stell dir mal vor, dass Gletscher aus kleinen Schneeflocken bestehen«, fängt sie an. »Und dass diese kleinen Schneeflocken so hart werden können.«

»Mmm«, macht Anders, hört jedoch nicht richtig zu.

»Winzige Schneeflocken, stell dir vor!«

»Klar, winzige Schneeflocken. Harte winzige Schneeflocken, zusammengepresst zu einem Eisberg«, sagt er, ohne den Blick vom Horizont zu nehmen.

»Und dann stell dir mal vor, dass manche von diesen Schneeflocken vielleicht vor tausend Jahren gefallen sind. Vielleicht zu der Zeit, als die Wikinger in Schweden lebten. Vielleicht gibt es immer noch Schnee aus der Zeit der Wikinger. Oder von noch früher. Aus der Eiszeit, als ganz Schweden noch mit Eis bedeckt war. Stell dir bloß vor, Anders, wir können Schneeflocken sehen, die vor Tausenden von Jahren gefallen sind. Es ist unglaublich!«

Je mehr Felicia darüber nachdenkt, umso merkwürdiger findet sie das.

Anders antwortet nicht. Er scheint ihr nicht zuzuhören, sondern hält nach Eisbergen Ausschau.

»Ich geh jetzt«, sagt Felicia.

Endlich schaut er sie durch seine Sonnenbrille an.

»Jetzt sehen wir bald Eisberge. Das hab ich im

Gefühl«, sagt er, bevor er wieder aufs Meer hinaussieht.

Felicia geht hinunter in die Kajüte und legt eine Patience. Es wäre schön, wenn Alice dabei wäre. Sie fragt sich, wie es Alice geht. Und was sie in der Schule machen. Eine komische Vorstellung, dass es für alle anderen wie immer ist. Sie sind zu Hause und tun das Übliche, während sie auf der anderen Seite des Erdballs mit einem Schiff durchs Packeis fährt.

Als sie merkt, dass sie Hunger hat, geht sie in die Messe. Sara Klara Stein und Laura Eis unterhalten sich mit Lydia Seejungfrau.

»Da«, sagt Sara Klara Stein und zeigt aus dem Fenster.

»Was?«

»Ein Eisberg.«

Sie hat Recht. Weit entfernt ragt etwas Weißes über die Wasseroberfläche. Die Sonne schickt ein paar eisige goldene Strahlen durch die Wolken und erleuchtet die Eisskulptur. Sie liegt wie ein Klacks Sahne im Meer.

Alle in der Messe stürzen zu den Fenstern. Dort ist er! Der erste Gruß vom Kontinent Antarktis.

»Schreib die Zeit auf«, sagt Laura Eis. »Sonst wissen wir nicht, wer gewonnen hat.«

Es ist erst der 22. September, 12.05 Uhr, nicht

der 24., wie Felicia geraten hat. Der Koch, der verrückte, ist der Zeit am nächsten gekommen und kriegt alles Geld.

Er lächelt so, dass sein Schnurrbart zittert, als er die Dose mit den Dollars abholt.

JAGDPLÄNE

Felicia sitzt im Labor und schreibt in ihr Tagebuch:

»Nach sieben Tagen auf dem offenen Meer sind wir im Packeis angekommen. Das Meer ist jetzt ruhiger. Ich halte Ausschau nach Walen und Robben. Hier soll es viele geben, weil sie im Meer genügend zu fressen finden. Aber sie sind häufig unter Wasser. Einen Kilometer tief oder so. Aber zwei hab ich schon gesehen.«

Laura Eis und Sara Klara Stein arbeiten auch den ganzen Tag im Labor. Sie untersuchen Fische, die sie gefangen haben, und Wasserproben, die sie dem Meer entnommen haben, um festzustellen, wie sauber das Wasser um die Antarktis ist. Die Fische wiegen und messen sie und Wasser und Eis betrachten sie genau unterm Mikroskop. Das Mikroskop ist ein großes starkes Auge, das sehr viel mehr sehen kann als Menschen mit ihren Augen.

»Komm mal her, Felicia, ich zeig dir was!«

Laura Eis lässt Felicia durchs Mikroskop schauen. Vor ihren Augen schwimmen winzige Tiere herum in dem, was vorher wie ein normaler Wassertropfen ausgesehen hat. Sie leben im Wasser, aber ohne Mikroskop kann man sie nicht sehen.

»Nein, jetzt müsst ihr mir helfen«, sagt Mama plötzlich.

Sie steht mit zerrauften Haaren mitten im Raum und sieht besorgt aus.

»Ich weiß wirklich nicht, was ich mit den Robben machen soll!«, sagt sie und breitet die Arme aus.

Nein, nicht schon wieder dies Gerede über Robben, denkt Felicia. In den letzten zwei Tagen hat Mama kaum noch von was anderem geredet.

»Wie viele müssen auf dem Eis sein? Soll ich allein gehen mit Netz und Spritze, damit wir sie nicht erschrecken, wenn wir mehrere sind? Ich glaub nicht, dass ich alles allein machen kann. Nein, das ist unmöglich. Wir müssen mindestens drei sein.«

»Sara und ich helfen dir«, sagt Laura Eis.

»Die Robben sind schwer zu fangen«, sagt Mama. »Sie sind so fix im Wasser.«

»Was für ein Wunder«, sagt Felicia säuerlich.

»Du musst uns nur sagen, wie wir dir helfen sollen«, sagt Sara Klara Stein.

»Wahrscheinlich müssen wir noch mehr sein, sechs mindestens. Oder acht.«

»Jetzt hab ich's satt, dauernd vom Robbenfang zu hören«, sagt Felicia und verlässt den Raum.

»In drei Tagen ist es so weit«, hört sie Mama von drinnen rufen.

Aber Felicia hat genug von diesen Plänen. Sie kann ja sowieso nichts machen. Als sie in ihrer Koje liegt und auf das Stampfen der Motoren lauscht, hat sie zum ersten Mal auf der Reise Heimweh. Sie sehnt sich nach Papa. Nach seinem Lachen und seiner Stimme. Sehnt sich nach seinen Späßen oder dass er ihr was vorliest oder auf ihrer Bettkante sitzt und mit ihr redet. Oder dass sie beide ganz allein ins Hallenbad fahren.

Sie holt das Foto vom letzten Sommer hervor, auf dem sie alle drei sind. Sie sind sonnengebräunt und sitzen auf einem Stein am Strand. Alle drei lachen. Mama ist etwas undeutlich. Sie hat auf den Selbstauslöser gedrückt und ist schnell zum Stein gerannt, damit sie auch mit aufs Bild kommt.

Felicia nimmt Alices Pandabären und setzt ihn neben sich auf das Kopfkissen. Lange schaut sie ihm in die Augen, aber er guckt nur stumm zurück mit blanken Plastikaugen. Als Mama endlich in die Kajüte kommt, ist Felicia richtig wütend. Sie legt sich auf den Bauch, das Gesicht im Kopfkissen versteckt.

Mama setzt sich zu ihr und streicht Felicia über den Rücken.

»Mein Liebling«, sagt sie mit ihrer nettesten Stimme.

Aber Felicia rührt sich nicht, genau wie der Panda.

»Bin ich denn wirklich so anstrengend?«, fragt Mama.

Felicia nickt in das Kopfkissen.

»Entschuldige. Wenn ich das mit den Robben erledigt habe, wird es besser. Das verspreche ich dir.«

Felicia schweigt.

»Ich bin ein bisschen nervös, verstehst du. So viele Menschen sind davon abhängig, dass ich meinen Auftrag richtig ausführe. Ich muss alle sechs Radiosender an sechs verschiedenen Robben anbringen. Dafür muss ich sie erst fangen, sie betäuben und den Radiosender so aufkleben, dass sie nicht wieder abfallen, und dabei darf ich weder die Robben noch mich selber oder jemand anders, der mir hilft, verletzen.«

»Und wenn du es nicht schaffst?«

»Dann wäre es ein Gefühl, als hätte ich andere Menschen im Stich gelassen. Mehrere Länder bezahlen dieses Forschungsprojekt. Wir wollen mit Hilfe der Radiosender das Leben der Robben verfolgen können. Wenn in Paris Forscher sitzen und die Radiowellen auswerten, während die Robben hier unten rumschwimmen, dann stören wir die Robben ja nicht.«

»Du könntest dich auch um was anderes kümmern«, sagt Felicia sauer.

»Zum Beispiel um dich?«

»Zum Beispiel, ja.«

Mama bohrt ihre Nase in Felicias Nacken.

»Ich weiß ja, Schätzchen, manchmal bin ich gar zu sehr von meinem Job in Anspruch genommen.«

»Manchmal? Oft, finde ich.«

»Aber du bist mir trotzdem das Wichtigste.«

Felicia lässt die Worte in sich hineinfallen wie wilde Erdbeeren. Sie ist gar nicht mehr besonders wütend, aber sie möchte gern noch mal hören, dass sie am wichtigsten ist.

»Man könnte glauben, die Robben sind dir das Wichtigste«, sagt sie.

Aber da hört Mama, dass sie gar nicht mehr böse ist, und fängt an, sie zu kitzeln.

Felicia schreit und lacht. Sie versucht Mamas Hände mit dem Kissen abzuwehren und landet wirklich einen Treffer. Mama verliert das Gleichgewicht und rutscht von der Koje.

»Bringt ihr euch gegenseitig um?«, fragen Laura Eis und Sara Klara Stein, die plötzlich in der Türöffnung stehen.

»Ich gebe auf!«, ruft Mama lachend. »Hör auf!«

Felicia und Mama gehen in den Gesellschaftsraum, wo ein Film gezeigt wird. Während der Film läuft, vergisst Felicia, dass sie auf einem Schiff ist, weit entfernt von zu Hause. Aber als sie Mama einen Blick zuwirft, sieht sie, dass Mama an etwas ganz anderes als an den Film denkt, und Felicia weiß genau, woran.

DER GROSSE ROBBENFANGTAG

Der zehnte Morgen der Reise ist Robbenfangtag. Als Felicia aufwacht, ist Mama schon angezogen.

Sie sieht verrückt aus. In einem weißen Overall schleicht sie in der Kajüte herum und hält ein weißes Schild vor sich. Das ist eine Tarnung, damit sie die Robben nicht erschreckt.

»Willst du wie ein Eisberg aussehen?«, fragt Felicia.

»So gut es geht. Die Robben sind nicht an Farben gewöhnt. Heute darfst du mir Jagdglück wünschen«, sagt Mama.

Ungeduldig wartet sie darauf, dass Felicia sich fertig anzieht, damit sie frühstücken gehen können.

»Und viel Glück«, fügt Mama hinzu.

»Du willst all das Zeug doch wohl nicht drinnen anbehalten?«, sagt Felicia.

»Ich hab's nur anprobiert«, sagt Mama, »damit ich weiß, wie es sich anfühlt, wenn man sich darin bewegt. Findest du, es raschelt zu sehr?«

Felicia hört kein Rascheln.

»Aber beim Frühstück ziehst du das doch aus?«, sagt sie. »Sonst macht der Koch wieder blöde Witze.«

Laura Eis summt etwas und behauptet, das sei ein neuseeländisches Jagdlied. Ein Lied, das die Macri vor langer Zeit gesungen haben, wenn sie auf Jagd gingen.

Felicia sieht, wie Sara Klara Stein ihren Glücksstein in die Hosentasche steckt.

»Und was nimmst du mit, Mama? Du hast keinen Glücksstein und kein Lied.«

Mama sieht sich einen Augenblick besorgt um. Dann dreht sie an dem Ring mit dem weißen Mondstein an ihrem Finger.

»Der bringt bestimmt Glück«, sagt sie. »Ich hab ihn von deinem Papa. Und ich geb dir ein Fernglas, damit du sehen kannst, was wir tun.«

Beim Frühstück sieht sie angespannt aus, und Felicia löffelt ihre Grütze, ohne viel zu reden. Das ist ja auch sinnlos, wenn man den Kopf voller Robbenfangpläne hat.

Sie gehen an Deck. Da warten schon Sara Klara Stein, Laura Eis und acht andere Helfer in weißen Overalls. Ron ist einer von ihnen. Da er der Schiffsarzt ist, hat Mama ihn gebeten, mitzukommen und den Robben die Betäubungsspritze zu geben. Gemeinsam packen sie Spritzen, Radiosender und

Netze in den Fahrkorb, den der Schiffskran aufs Eis hinunterlassen wird.

»Wir müssen eine alte Eisscholle finden, die geht nicht kaputt. Und es müssen Robben drauf sein«, sagt Mama und hält Ausschau von der Reling.

Es dauert Stunden, ehe sie die passende Eisscholle sichten.

»Wenn es nur gut geht«, sagt Mama. »Morgens jagen die Robben und dann ruhen sie aus. Satte Robben kann man leichter fangen.«

Sie macht sich bereit, in den Fahrkorb zu steigen. Das Schiff liegt ganz still.

Vom Schiffsdeck ist es ein weiter Weg hinunter aufs Eis. Felicia findet, es sieht gefährlich aus. Wenn der Kran den Korb nun einmal fallen lässt oder ihn nicht wieder hochhieven kann. Oder wenn die Robben Mama ins Wasser schubsen. Felicia hält ihre Hand ganz fest, als sie in den Korb steigt.

»Viel Glück«, flüstert Felicia.

Mama nickt nur.

Langsam wird der Korb aufs Eis hinuntergelassen. Ein Stück entfernt liegt eine Gruppe Robben. Als der Korb das Eis erreicht, bleiben Mama, Laura Eis, Sara Klara Stein und Ron ganz still sitzen, um die Robben nicht zu erschrecken. Nach einer Weile steigen sie vorsichtig aus und verstecken sich hinter ihren weißen Schilden. Sie warten auf die andere Gruppe.

Als alle unten auf dem Eis sind, nähern sie sich langsam den Tieren. Es sieht fast wie eine Art Tanz aus, ein Ballett in weißen Overalls. Felicia kann es deutlich durchs Fernglas erkennen.

Die Robben sehen den ungewöhnlichen Besuchern neugierig entgegen, scheinen jedoch keine Angst zu haben, sondern bleiben gelassen liegen. Felicia denkt, genauso lieb müssen sie dagelegen und den richtigen Robbenjägern entgegengeschaut haben, bevor sie ermordet wurden.

»Auroras« friedliche Jäger nähern sich einer Robbe, die ein bisschen abseits liegt. Die Robbe wendet den Besuchern den Kopf zu und sieht sie mit ihren hübschen braunen Augen freundlich an. Aber als die Jäger so nah sind, dass sie das Netz fast über sie werfen können, bewegt sie sich watschelnd und schwerfällig zur Eiskante. Dort angekommen, gleitet sie rasch ins Wasser und ist augenblicklich verschwunden.

Vielleicht hat sie doch gelernt, sich vor Menschen in Acht zu nehmen, denkt Felicia. Früher wurden die Robben so gnadenlos wegen ihres Fells gejagt, dass sie fast ausgerottet wurden. Jetzt darf man nicht mehr so viele Robben umbringen, deswegen werden es wieder mehr.

Felicia sieht Mamas hängenden Schultern an, dass sie enttäuscht ist. Versuch es noch mal!, flüstert Felicia mit ihrer inneren Stimme. Versuch es!

Jetzt kreisen sie vorsichtig eine große dicke Robbe ein. Mama, Laura Eis und Sara Klara Stein sind ihr am nächsten. Sie halten das Netz zwischen sich und bewegen sich so langsam, dass es aussieht, als ständen sie still. Ron folgt ihnen genauso langsam, bereit, mit der Betäubungsspritze zuzustoßen. Als sie fast angekommen sind, dreht die Robbe plötzlich den Kopf und schaut sie an. Aber bevor sie ihren großen Körper in Bewegung setzen kann, haben sie das Netz über sie geworfen. Die anderen stürzen herbei und helfen, die Robbe festzuhalten. Ron ist schnell da mit seiner Betäubungsspritze. Alle halten die Robbe fest, bis die Betäubung wirkt und die Robbe eingeschlafen ist. Wenn sie es vorher ins Wasser geschafft hätte, wäre sie vielleicht dort eingeschlafen, und dann wäre sie ertrunken.

Als die Robbe ganz still liegt, nimmt Mama den Radiosender und klebt ihn ihr mit einem Superkleber auf den Rücken. Als sie fertig ist, ziehen sich alle langsam zurück, und die Robbe ist wieder frei, nur mit einem kleinen Sender auf dem Rücken. Mama hat gesagt, die Robben werden den Sender überhaupt nicht spüren. Felicia hofft, dass sie Recht hat.

Sie kann nicht die ganze Zeit zuschauen, sondern wandert zwischen Deck, Brücke und Kajüte hin und her. Es dauert fast den ganzen Tag, bis alle Radiosender angebracht sind, aber als Mama und die anderen endlich wieder an Bord kommen, ist der Auftrag ausgeführt. Mama springt fröhlich aus dem Korb, obwohl sie sehr müde sein muss. Sie hebt Felicia hoch und wirbelt sie herum.

»Ich hab's geschafft!«, ruft sie. »Heute Abend müssen wir feiern!«

Viele klopfen ihr auf den Rücken und sagen, das habe sie gut gemacht. Und den anderen, die auf dem Eis waren, klopfen sie auch auf den Rücken. Alle sehen sehr müde aus und müssen sich wohl erst mal auftauen.

Sie gehen in die Kajüte und ziehen sich um. Felicia wartet ungeduldig darauf, dass sie fertig werden. Ein Fest ist viel lustiger als Robbenjagd.

Vor dem Essen gehen Felicia, Mama, Laura Eis und Sara Klara Stein an Deck, um sich den Sonnenuntergang anzusehen. Lydia Seejungfrau ist schon dort und redet in ihr Mikrofon.

»Am Südpol geht die Sonne ganz anders unter als irgendwo auf der Welt. Wenn es am Horizont schneegefüllte Wolken gibt, färben die letzten Strahlen der Sonne die Wolken gelb und orange, und das sieht aus, als hätte ein Maler einen Pinselstrich über den Himmel gezogen.«

Felicia und die anderen bleiben ein Stück entfernt von Lydia Seejungfrau stehen, um sie nicht zu stören, und schauen in Ruhe zu, wie die Sonne im Meer versinkt und alle Farben mit sich nimmt.

Dass es so etwas Schönes gibt! Und dass sie, Felicia, das alles sehen darf. Sie hält Mamas Hand ganz fest.

»Stell dir vor«, sagt Mama, »jeden Tag geht die Sonne hier in der Antarktis unter, und die meisten Menschen haben keine Ahnung, wie schön das ist. Als würde ein Symphonieorchester die wunderbarsten Melodien spielen und niemand kann es hören. Oder wenn hundert Balletttänzerinnen tanzen, so schön sie können, und sie haben kein Publikum.«

»Wenn es ihnen selber Spaß macht, ist das doch nicht schlimm«, sagt Felicia.

»Aber es ist trotzdem schade, dass es so wenige sehen«, sagt Mama.

»Und jetzt denk mal daran, was für hässliche Orte es auf der Welt gibt«, sagt Sara Klara Stein.

»Warum soll ich daran denken?«, fragt Mama erstaunt.

»Dann wird das hier noch schöner«, sagt Sara Klara Stein.

»Ich finde es auch so schön genug«, sagt Felicia

»Das hier darf nicht zerstört werden«, sagt Laura Eis.

»Will das denn jemand?«, fragt Felicia.

»Es gibt Länder, die Forschungsstationen hier haben und sich nicht um ihren eigenen Abfall kümmern. Ich hab Bilder gesehen, da waren Müllhalden drauf, kaputte Sachen einfach so auf den Haufen geschmissen.«

»Wie blöde«, sagt Felicia.

»Aber andererseits gibt es welche, die nehmen ihren Abfall ordentlich mit zurück in ihre Heimatländer«, sagt Sara Klara Stein.

»Jetzt gehen wir essen«, sagt Mama.

HEXENRINGE

In der Messe ist es dunkel. Aber von drinnen ist ein Prasseln und Tuscheln zu hören.

»Sie sind da«, flüstert jemand in der Dunkelheit.

Felicia hält Mamas Hand fest. Sie hat ein Gefühl wie in der Geisterbahn, wo man nicht weiß, was einen erwartet.

Ein Lied wird angestimmt, ein eintönig brummender, summender Chor.

»Das ist ein Jagdlied«, flüstert Sara Klara Stein.

»Ist das auch aus Neuseeland?«

»Mmm.«

Felicias Großvater in Schweden jagt im Herbst Elche, aber sie hat ihn noch nie ein Lied singen hören.

Das Lied schwebt durch den Raum wie ein unsichtbarer Schleier. Hin und wieder mischt sich ein Kichern hinein, wenn jemand falsch singt, und das passiert dauernd.

Ein Zischen ertönt vom Tisch. Ein weißes Feuer blitzt auf. Der Koch hat eine Wunderkerze auf dem langen Tisch angezündet und rennt schnell zur nächsten. Bevor er am Ende angekommen ist, ist die erste schon erloschen, aber die brennenden Wunderkerzen auf dem Tisch sehen trotzdem wundervoll aus.

»Fest!«, ruft der Koch und lächelt fröhlich.

Er zittert am ganzen Körper vor guter Laune. Felicia und die anderen klatschen den Sängern Beifall. Und dem Koch. Endlich dürfen sie sich setzen und essen.

»Du kriegst Spaghetti. Aber ich hab gehört, wie sie geschrien haben, als ich sie ins kochende Wasser gesteckt habe«, flüstert der Koch Felicia ins Ohr, als er den Teller vor sie hinstellt.

Sie sehen aus wie ganz gewöhnliche Spaghetti. Der Koch lächelt und zwinkert ihr wie üblich mit einem Auge zu.

Felicia stopft sich den Mund voll buttriger leckerer Spaghetti.

Hinterher wird getanzt. Jemand hat eine Platte aufgelegt und Rockmusik füllt den Raum. Mama und Felicia tanzen erst ganz normal, ohne übertriebene Arm- und Beinbewegungen, genau wie es sich gehört. Dann guckt Mama Felicia mit einem wahnsinnigen Blick an, sie reißt die Augen auf und lässt das Kinn hängen. Das ist die Einladung zum hässlichen Tanz. Felicia lässt die Zunge heraushängen, wackelt mit dem Kopf und schlenkert mit Armen und Beinen. Mama und Felicia hüpfen, schütteln sich und zucken mit Armen und Beinen. Sie tanzen mit krummen Rücken und schauklig wie verrückte Kamele.

Die Leute um sie herum hören auf zu tanzen und starren sie an. Felicia und Mama tanzen weiter, obwohl Felicia sich vor Lachen kaum halten kann.

Zu Hause wechseln sie sich damit ab, einander zum Tanzen aufzufordern. Dann tun sie so, als würden sie sich nicht kennen, und derjenige, der auffordert, hat keine Ahnung, dass er es mit einem Wilden zu tun hat. Das macht jedes Mal riesigen Spaß.

Papa guckt ihnen dann immer freundlich zu und schüttelt den Kopf. Er kann nicht verstehen, was daran so lustig sein soll.

Als Felicia sieht, wie Mama den Kopf vor und zurück wirft, mit heraushängender Zunge und aufgerissenen Augen, die Schultern bis zu den Ohren hochgezogen, kann sie sich auch nicht mehr halten. Sie platzt heraus und lacht und lacht, und da muss Mama auch lachen. Die anderen um sie herum lächeln erleichtert, als hätten sie gedacht: Was für ein Glück, dass es kein Ernst war, ganz verrückt sind sie wohl doch nicht.

Einige fangen an, genauso verrückt zu tanzen wie Felicia und Mama, und bald ist die Tanzfläche voller verrückter Tänzer.

Als der Koch aus der Küche kommt, oder aus der Kombüse, wie es in der Seefahrersprache heißt, sieht er schockiert aus.

»Du liebe Zeit! Was hab ich denn ins Essen getan?«, sagt er, aber dann stürzt er sich ins Getümmel.

Beim Anblick seiner wilden Bewegungen muss Felicia an einen Topf mit überkochenden Spaghetti denken. Er wühlt sich durch die Tanzenden, ächzt und hampelt und strampelt. Sein Körper rumpelt vorwärts wie ein lahmer Ardenner, den Kopf hält er gesenkt wie ein angreifender Stier.

»Hilfe«, flüstert Mama Felicia zu. »Er ist ja noch schlimmer als wir. Hoffentlich fordert er uns nicht auf.«

»Wir gehen eine Weile zu Anders auf die Brücke«, schlägt Felicia vor. »Dann kann das nicht passieren.«

Aber es ist zu spät, der Koch hat sich schon Mama als seine nächste Tanzpartnerin ausgesucht. Er erwischt sie an der Tür und zieht sie mit auf den Tanzboden. Mama verdreht die Augen in Felicias Richtung. Ihr bleibt nichts anderes übrig, als einen Tanz mit dem Koch zu tanzen.

Felicia geht allein zur Brücke, wo heute Anders wieder Wache hat. Es wird fast gespenstisch still, als sie die Tür zur Messe schließt und durch die leeren

Korridore geht. Auch auf der Brücke ist es ungewöhnlich still.

Drinnen brennt kein Licht, damit Anders sehen kann, was draußen auf dem Meer los ist. Nur die Instrumentenlampen leuchten in der Dunkelheit.

»Guck mal!«, sagt Anders und knipst eine kleine Lampe an einem Instrument an, das eine Kurve auf ein Papier zeichnet.

Anders zeigt auf die Schreibnadel. Die gerade Linie fällt plötzlich jäh nach unten ab.

»Guck mal, da! Das ist ein Barograph, der zeigt den Druck der Atmosphäre an. Siehst du? Das Barometer sinkt sehr schnell. Da ist ein schlimmes Unwetter im Anzug.«

Felicia spürt, wie es in ihrem Magen vor Angst ziept. Anders wirkt sehr aufgeregt.

»Aber es ist doch ganz ruhig«, sagt Felicia und schaut auf das Mondglitzern draußen über dem Eis.

»Im Augenblick noch, aber schau dir mal die Hexenringe um den Mond an! Es gibt ein Unwetter, das ist mal sicher.«

Um das klare, kalte Licht des Mondes sind Ringe, die lila schimmern.

»Ich muss die Deckmannschaft vor dem Unwetter warnen.«

Er hebt den Telefonhörer ab und bittet zu kontrollieren, ob die Helikopter ordentlich in ihren Hangars und die übrige Ladung an Deck festgezurrt sind.

»Ich hab's schon heute Morgen geahnt«, brummt er, als er auflegt.

Felicia erinnert sich nur an Sonnenglanz über der Schneelandschaft.

»Über dem offenen Wasser hat die See gedampft. Die Wolken waren unruhig und schwer.«

In dem Augenblick kommt Mama mit den Schuhen in der Hand herein. Auf ihrer Stirn ist Schweiß und sie setzt sich stöhnend auf einen Stuhl und massiert ihre Füße.

»Ich hab drei Tänze mit dem Koch überlebt, aber nur mit Mühe. Er muss verrückt sein.«

»Es gibt Sturm«, sagt Felicia.

Mama schaut Anders an, der nickt.

»Dann gehen wir am besten schlafen«, sagt Mama und sieht ernst aus.

»Macht das. Ich werde den Sturm wohl noch während meiner Wache sehen.«

Still gehen sie durch die schmalen Flure zu ihrer Kajüte.

»Hast du Angst vor dem Sturm, Mama?«

»Nein«, antwortet sie zögernd.

»Warum siehst du dann so besorgt aus?«, fragt Felicia.

Sie kennt die Falte zwischen Mamas Augenbrauen.

Mama lächelt bekümmert und sagt:

»Das kann anstrengend werden. Hoffentlich geht der Sturm schnell vorbei.«

Felicia kann nicht einschlafen, obwohl sie müde ist. Wenn sie die Augen schließt, sieht sie den leuchtenden weißen Mond mit Hexenringen, genau wie sie ihn vorhin gesehen hat, nur näher, als ob sie direkt neben dem Mond wäre. Und um den Mond bewegen sich die Hexenringe wie ein kräftiger Wind.

RICHTIGES WETTER

Felicia wird von einem Heulen wach. In der Kajüte ist es dunkel. Schon bevor sie die Leselampe am Bett anknipst, weiß sie, was das Heulen bedeutet. Der Sturm ist da. Noch nie hat sie einen Sturm gehört, der so wahnsinnig klingt.

Ihr Magen krampft sich zusammen vor Angst. Trotzdem möchte sie das Meer jetzt sehen. Sie muss auf die Brücke hinauf. Mama, Sara Klara Stein und Laura Eis schlafen. Felicia rutscht aus der Koje und schleicht, so leise sie kann. Die Tür ist schwer zu öffnen, ohne dass es jemand hört, aber Felicia drückt die Klinke ganz leise herunter, so dass es fast gar nicht zu hören ist.

Der Korridor vor der Kajüte ist leer. Felicia fragt sich, ob das Fest zu Ende ist oder ob immer noch welche in der Messe tanzen. Abgesehen vom Heulen des Windes ist es unheimlich still. Irgendetwas ist ganz anders als sonst.

Oben auf der Brücke ist es fast dunkel, man kann Anders und Kapitän Peter vor dem Fahrpult nur ahnen. Sie stehen still da und schauen übers Meer.

Vom Himmel fällt Schnee. Es sieht aus, als hätte sich eine weiße bewegliche Wand aus dem Meer erhoben. Die Scheinwerfer sind eingeschaltet, aber es ist nichts anderes zu sehen als Schneeflocken.

Felicia denkt daran, dass die Schneeflocken auch auf den Boden der Antarktis fallen, sich wie ein Teppich auf die Gletscher legen und langsam ein Teil von ihnen werden.

Sie stellt sich schweigend ans Fenster und lehnt die Stirn gegen das kühle Glas. Zwischen ihr und dem Unwetter ist nur eine Glasscheibe. Wenn sie zerbräche, gäbe es keinen Schutz gegen die Polarkälte und die wahnsinnigen Eisstürme.

»Das nenn ich mir ein Wetter«, sagt Anders. »Ein prächtiger Orkan.«

»Warum habt ihr die Scheinwerfer eingeschaltet, wenn ihr doch nichts sehen könnt?«, fragt Felicia.

»Wir haben die Scheinwerfer auf bestimmte Punkte gerichtet und passen auf, wie das Eis sich um das Schiff herum bewegt«, antwortet Anders.

»Liegen wir still?«

»Ja und nein. Wir haben im Eis geparkt, so kann man es ausdrücken. Aber alles, wir und das Eis, bewegt sich mit der Strömung nach Westen.«

»Was fühlt sich denn so anders an?«, fragt Felicia.

»Wir haben die Hauptmaschine abgeschaltet. Die ist Tag und Nacht gelaufen, seit wir den Hafen in Hobart verlassen haben. Jetzt laufen nur die schwächeren Hilfsmotoren. Deswegen ist es etwas leiser, obwohl draußen der Orkan heult.«

»Die ›Aurora‹ ist dem Orkan im Weg. Sie muss sehr kräftige Windstöße aushalten«, sagt Peter.

Felicia versucht daran zu denken, dass der Rumpf aus Stahl und die »Aurora« so gebaut ist, dass sie mit solchem Wetter fertig wird. Trotzdem spürt sie die Angst im Bauch. Sie kann es nicht lassen, sich vorzustellen, wie kalt es in dem eisigen Meer sein muss und was es für ein Gefühl ist, darin zu landen.

»Anders, was ist das Schlimmste, das passieren könnte?«, fragt sie.

Er sieht Felicia aus blaugrauen Augen ernst an und sagt:

»Backbord haben wir einen Eisberg. Auf der anderen Seite des Eisberges türmt sich das Packeis auf. Jetzt kommt es darauf an, nicht darin stecken zu bleiben.«

»Was würde dann passieren?«

»Dann schraubt uns das Meer gewissermaßen ins Meer hinunter. Kein Schiff kann solchem Druck standhalten.«

»Ist das früher den Entdeckungsreisenden passiert? Sind ihre Schiffe unter Wasser gedrückt und vom Eis zermalmt worden?«

»Manchen ist das widerfahren, ja. Aber viele haben das Schiff verlassen, bevor es sank. Sie haben die Rettungsboote genommen und sie übers Eis gezogen. Manche haben tatsächlich überlebt. Sie mussten überwintern und Pinguine und Robben essen.«

»War das nicht eine schwedische Expedition, der das passiert ist?«, fragt Peter.

»Otto Nordenskiölds, ja«, sagt Anders.

»Ich kenne jemanden, der wohnt in der Nordenskiöldstraße in Göteborg«, sagt Felicia.

»Die ist nach ihm benannt. Oder nach seinem Onkel Adolf Erik Nordenskiöld. Der war auch Polarforscher. Oder nach einem noch früheren Verwandten von ihnen.«

»Was ist aus Otto Nordenskiöld geworden?«, fragt Felicia.

»Er war Geologe, genau wie Sara. Er und die anderen Männer der Expedition sind 1901 in die Antarktis gereist, um dort zu überwintern. Als das Schiff ›Antarctic‹ sie abholen wollte, ist es in einen Sturm geraten und vom Eis zermalmt worden. Die Besatzung musste das Schiff verlassen und versuchen, in der Antarktis zu überwintern. Nach zwei langen Jahren in der Antarktis sind sie tatsächlich gerettet worden«, erzählt Anders.

»Was haben die Frauen gemacht, wenn die Männer so lange unterwegs waren?«, fragt Felicia. »Durften die nie mitkommen?«

»Ich glaube nicht«, sagt Peter.

»Das ist ungerecht«, sagt Felicia.

Sie hat ihren Satz kaum zu Ende gesprochen, da ertönt ein lautes Krachen. Es klingt, als ob ein Eisberg mit einem Schiff zusammengestoßen wäre. Felicia schaut Anders ängstlich an, aber er guckt ruhig mit konzentriertem Blick aus dem Fenster.

Da kracht es wieder.

»Was passiert da?«, fragt Felicia.

»Das ist berstendes Eis. Im Eis ist eine Spannung, die dafür sorgt, dass es reißt.«

»Dann sind wir also nicht gegen einen Eisberg gefahren?«

Anders dreht sich zu Felicia um und lächelt.

»Nein, nein, du brauchst keine Angst zu haben. Ich finde, du gehst jetzt wieder schlafen. Ich bleib hier und pass auf die Eisberge auf, damit du schlafen kannst.«

Felicia merkt, wie müde sie ist. Sie sagt gute Nacht, geht zurück in die Kajüte und kriecht in ihre Koje. Bevor sie einschläft, denkt sie eine Weile an den Sturm. Hoffentlich ist er bald vorbeigezogen und lässt »Aurora« in Ruhe.

Mama weckt Felicia mit einem Kuss.

»Du bist heute aber mächtig müde. Es ist Morgen. Ein sehr stürmischer Morgen«, sagt sie und streichelt Felicia über die Wange.

Felicia guckt aus dem kleinen Fenster in der Kajüte, oder Bullauge, wie es heißt. Draußen ist nur wirbelnder Schnee zu sehen.

»Das sind Orkanböen mit 54 Meter in der Sekunde«, sagt Laura Eis, die gerade hereinkommt. »Ich war oben auf der Brücke. Man kann kaum was sehen. Die Luft ist voller Schnee.«

»Wie viel sind 54 Meter in der Sekunde?«, fragt Felicia.

»Viel. Wenn du rausgehst, wirst du weggeweht«, sagt Laura

»Also bleib lieber drinnen«, sagt Sara Klara Stein.

Während Felicia sich anzieht und mit Mama zum Frühstücken geht, überlegt sie, wie es überhaupt so lange stürmen kann. Die Winde sind doch so stark, da müssten sie doch schnell an der »Aurora« vorbeigestürmt sein. Warum dauert es so lange, bis sie dorthin gezogen sind, wohin sie sollen?

In der Messe reden alle übers Wetter. Felicia wünschte, sie würden über etwas anderes reden und dass alles ein bisschen normaler wäre.

Anders sitzt an einem Tisch und sieht müde aus. Er hat die ganze Nacht gearbeitet.

»Hast du gemerkt, wie gut ich es geschafft habe, die Eisberge auf Abstand zu halten?«, sagt er.

»Gehst du jetzt schlafen?«, fragt Felicia.

»Darauf kannst du Gift nehmen«, sagt Anders. »Jetzt ist meine Wache zu Ende.«

Mama geht in ihr Labor, aber Felicia hat noch keine richtige Ruhe, um mit ihren Schularbeiten anzufangen. Sie muss nachsehen, was auf der Brücke los ist.

»Kannst du nicht vorher noch einmal mit mir auf die Brücke gehen?«, bittet sie Anders.

»Da hab ich lange genug gestanden«, sagt Anders. »Ich hab nur noch Sehnsucht nach meiner Koje.«

»Nur einen kleinen Augenblick?«, fleht Felicia. »Ich kenn doch keinen anderen Steuermann als dich.«

»Okay, aber nur einen winzigen Augenblick«, sagt Anders und steht auf. »Heute gibt es keinen Sonnenuntergang zu bewundern«, sagt er, als sie die Messe verlassen und dem Koch zuwinken. »Die Sonne wird hinter all den Schneewolken untergehen und wir haben keine Chance, sie zu sehen.«

»Ich weiß«, sagt Felicia.

Der Himmel fehlt ihr, das schöne Licht, und sie würde so gern hinaus an Deck gehen und frische Luft atmen.

Auf der Brücke herrscht die gleiche konzentrierte Ruhe wie vorher. Der neue Steuermann sieht müde aus. Er runzelt die Stirn und starrt hinaus in all das Weiß.

»Wie geht's? Schaffen wir es, die Position zu halten?«

»Wir sitzen ordentlich fest im Eis und treiben mit ihm. Wir beobachten auf dem Radarschild den Abstand zu den Eisbergen. Einer ist näher gekommen, seit deine Wache zu Ende ist.«

»Wie tief ist das Meer hier eigentlich?«, fragt Felicia. Sie mag nicht dran denken, aber sie will es trotzdem wissen.

»Sehr tief«, antwortet Anders. »Unter uns sind ungefähr viereinhalb Kilometer Wasser.«

Mehr will Felicia nicht wissen. Ein Glück, dass Papa nicht weiß, was sie für ein Wetter auf dieser Seite des Erdballs haben. Vor ihrem inneren Auge sieht sie ihn in dicken Strümpfen und dicker grauer Strickjacke Klavier spielen. Sie wünschte, sie könnte neben ihm sitzen.

Felicia geht hinunter zu Mama ins Labor. Mama arbeitet ganz unbekümmert, als ob draußen nur ein leichter Frühlingswind wehte und kein Orkan tobte.

Felicia schreibt in ihr Tagebuch:

»26. September. Ich hätte nie geglaubt, dass es so stür-

men kann wie hier unten, viel stärker als zu Hause. Das ist ein bisschen unangenehm, aber niemand auf der ›Aurora‹ scheint Angst zu haben. Oder sie zeigen es nur nicht. Ich sehne mich nach der Sonne. Oder danach, rausgehen zu können. Jetzt muss der Sturm aber bald vorbei sein. Nun sind wir schon mehr als eineinhalb Wochen unterwegs. Es fühlt sich schon ganz normal an, auf dem Schiff zu sein. Aber nicht, wenn es so stürmt wie jetzt. Ein Glück, dass ich nicht schon vor langer Zeit gelebt habe. Da durften die Frauen nicht auf Forschungsreisen gehen. Sie durften nicht mal selbst bestimmen, selbst wenn sie es wollten. Und die arme Mama, wenn sie damals gelebt hätte! Sie reist doch so gern.«

Felicia nimmt ihre Schulbücher hervor, um den Sturm zu vergessen.

»Das ist gut, mein Mädchen. Wenn du jetzt eine Weile Mathe machst, komme ich es bald nachschauen«, sagt Mama.

Aber wie sehr Felicia sich auch anstrengt, das Schaben des Eises am Schiffsrumpf kann sie nicht überhören.

KRISTALLE AM HIMMEL

Als Felicia am nächsten Morgen wach wird, ist es ungewöhnlich still. Der Sturm hat sich gelegt.

Die Wolken, die sich noch dicht und schwer am Himmel drängen, lichten sich während des Vormittags, als ob sie beschlossen hätten, jetzt ist das Spiel zu Ende, jetzt ist es Zeit, woanders hinzuziehen.

Felicia umarmt Mama vor Freude. Endlich kann sie den Himmel wieder sehen. Sie zieht Mama mit hinaus an Deck. Fast zwei Tage konnten sie nicht hinausgehen. Felicia läuft johlend auf dem Deck hin und her. Sie hüpft herum und formt einen Schneeball, den sie nach Mama wirft.

Sie atmen tief ein und genießen die kalte Luft im Gesicht. Sie tragen Thermojacken, Thermohosen und eine Mütze und darüber den Gesichtsschutz, denn es sind minus 22 Grad. Gegen das starke Sonnenlicht tragen sie eine Sonnenbrille.

»Hier ist bestimmt die sauberste Luft der Welt«, sagt Mama. »Keine Autoabgase und keine Abgase von Fabriken.«

»Oh, wie schön.« Felicia seufzt zufrieden. »All das Weiß und Blau.«

»Drinnen im Schiff wurde es allmählich eng, weil wir so lange nicht raus konnten«, sagt Mama.

»Hast du Angst gehabt?«, fragt Felicia.

»Ein bisschen«, sagt Mama.

»Guck mal! Die Sonne sieht aus wie ein punktiertes Eigelb«, sagt Felicia und zeigt zum Himmel.

»Das ist eine optische Täuschung«, sagt Mama. »Ist das nicht merkwürdig?«

»Was ist eine optische Täuschung?«

»All die Eiskristalle in der Luft sorgen dafür, dass die Sonne so komisch aussieht. Durch die Eiskristalle wird das Licht von Sonne und Mond auf andere Weise gebrochen.«

»Wie gebrochen?«

»Die Strahlen von Sonne und Mond können wegen der Kristalle nicht wie gewöhnlich durch die Luft dringen. Dann entsteht eine optische Täuschung.«

Laura Eis kommt an Deck und stellt sich neben sie an die Reling. Sie lächelt zufrieden hinter ihrer Sonnenbrille.

»Dort wächst ein ganzer Wald am Horizont«, sagt sie und zeigt mit ihren dicken Fäustlingen in die Richtung.

Felicia traut ihren Augen nicht. Es sieht wirklich

aus wie ein Wald. Wie ist das möglich? In der Antarktis wachsen doch keine Bäume.

»Das ist eine Luftspiegelung«, sagt Mama, »da kann man sich vorstellen, wie die Entdeckungsreisenden vor hundert Jahren gestaunt haben, wenn sie das zu sehen kriegten.«

»Machen das auch die Kristalle?«, fragt Felicia.

»Ja, was nah ist, kann weit entfernt wirken oder umgekehrt.«

Wie eine verzauberte Welt, denkt Felicia.

Plötzlich ertönt ein Geräusch von der Hauptmaschine des Schiffes. Aber die »Aurora« rührt sich nicht.

»Das Eis ist zu dick. ›Aurora‹ schafft es nur durch eine eineinhalb Meter dicke Eisdecke. Wir sitzen im Eis fest«, sagt Mama.

Müssen wir dann bis zum Frühling hier bleiben?, fragt sich Felicia.

Sie geht zu Anders auf die Brücke. Er hat geschlafen und ist guter Laune und sieht nicht aus, als ob er sich Sorgen machte.

»›Icebird‹, eins unserer Schiffe, ist auf der letzten Reise auch genau an dieser Stelle fast drei Wochen stecken geblieben«, sagt er. »Jetzt müssen wir alle Möglichkeiten ausprobieren. Im Augenblick pumpe ich das Ballastwasser von Steuerbord nach Backbord hin und zurück, damit die ›Aurora‹ in Bewegung kommt. Wenn das Loch im Eis etwas größer wird und wir etwas Wasser ums Schiff haben, können wir die Maschinen wieder anwerfen.«

»Was ist Ballastwasser?«

»An den Seiten und im Boden gibt es mit Wasser gefüllte Tanks, die helfen, dass das Schiff sicher im Wasser liegt«, sagt Anders und schaut auf die Messgeräte und Knöpfe vor sich.

»Du meinst, sie halten die Balance?«

»So kann man es auch nennen«, sagt Anders.

Felicia denkt an einen Spielzeugclown, den sie gehabt hat, als sie klein war. Er war unten ganz rund und schwer, so dass er sich immer wieder aufrichtete, auch wenn sie versuchte, ihn hinzulegen.

Jetzt kommen mehr Leute auf die Brücke. Alle möchten helfen, die »Aurora« mit anfeuernden Rufen aus dem Eis zu befreien, aber mehr können sie nicht tun.

Seltsamerweise sieht keiner von ihnen besonders besorgt aus. Entweder sind sie sicher, dass Anders es schafft, die »Aurora« aus dem Eis zu kriegen, oder sie haben nichts dagegen, hier zu überwintern.

Ich schon, denkt Felicia.

Es dauert bis zum späten Abend, dann ist die »Aurora« frei. Alle auf der Brücke schreien »Hurra«, als sie sich endlich wieder vorwärts bewegt.

HINAUF DURCH DIE LUFT

Aus Felicias Tagebuch am 6. Oktober:

»Jetzt sind wir drei Wochen unterwegs. Das ist länger als die Weihnachtsferien, aber ich hab gar nicht das Gefühl, dass wir schon so lange weg sind. Ich möchte wissen, ob Papa schon mit seinem Lauftraining angefangen hat. Er spielt wahrscheinlich meistens Klavier Bald sind wir bei der Forschungsstation. Sie heißt Davies. Ich hab große Sehnsucht, über einen Boden zu gehen, der sich nicht dauernd bewegt. Mama steht mit einem Fernglas in einem kleinen Turm über der Brücke und zählt Robben. Das macht sie jetzt schon zwei Tage. Sie sagt, das ist nötig, um zu sehen, ob es den Robben gut geht. Wenn es so ist, dann sind sie nicht weniger geworden. Forscher zählen sie jedes Jahr. Ich hab es satt, Robben zu zählen, und mache lieber Mathe. Aber alleine zu lernen ist langweilig. Da geh ich doch lieber rauf auf die Brücke. Das ist schon das dritte Mal heute. Gestern war ich sieben Mal dort.«

»Kannst du auf den Mast raufklettern?«, sagt Anders zu Don, der nickt und fängt an, sich dick anzuziehen.

»Willst du mit?«, fragt Don Felicia mit einem gerissenen Lächeln, aber Felicia schüttelt den Kopf.

Sie hat keine Lust, einen vereisten Mast hinaufzuklettern.

»Gut, du hättest sowieso nicht mitgedurft«, sagt Don und verschwindet durch die Tür.

»Warum muss er da rauf?«, fragt Felicia.

»Um nach Rissen im Eis zu suchen und zu sehen, ob er Eis entdecken kann, das schon etwas dünner ist«, sagt Anders.

»Das kann man doch wohl nicht von außen sehen«, sagt Felicia.

»Doch, ein geübtes Auge kann die dunklen Stellen im Eis erkennen, wo es etwas dünner ist«, sagt Anders.

Felicia geht nach unten und holt ihre dicken Sachen aus der Kajüte. Sie will an Deck, wo schon mehrere Leute über der Reling hängen, um zu verfolgen, ob »Aurora« es schafft, sich aus dem festen Griff des Eises zu befreien.

Das Schiff bewegt sich, aber sehr wenig, obwohl die Maschinen wie brüllende Löwen klingen.

Nach einer Weile kommt Mama heraus und stellt sich neben Felicia.

»Es geht jedenfalls vorwärts«, sagt sie, als sie sieht, in welchem Schneckentempo die »Aurora« sich bewegt.

»Mm«, macht Felicia.

»Wie ging es heute mit den Schularbeiten?«

»Ich hab Observationen gemacht«, sagt Felicia.

Das Wort hat sie auf der Reise gelernt. Etwas zu observieren heißt, dass man sehr genau hinguckt, etwas studiert, wie Forscher es tun. Mama lacht.

»Ich muss doch etwas haben, worüber ich schreiben kann«, verteidigt Felicia sich.

»Dann sollten wir beide vielleicht fragen, ob wir Jack im Helikopter begleiten dürfen«, sagt Mama. »Der fliegt gleich los, um nach dem günstigsten Weg zum Land zu suchen.«

Felicia späht in den Himmel. Sie ist noch nie mit einem Hubschrauber geflogen, es wäre bestimmt schön, eine Weile in der Luft zu sein und alles von oben zu sehen.

Mama geht weg und kommt nach einer Weile wieder.

»Er fliegt jetzt, wenn wir mitwollen, müssen wir uns beeilen. Vielleicht kriegen wir auch schon etwas von der Antarktis zu sehen.«

Der Helikopter steht in einem Hangar an Deck. Er ist eingeschneit. Eine kleine Ritze in der Tür hat gereicht, dass es hereingeschneit hat in den Hangar.

»Hallo«, sagt Jack, der Pilot. »Ich muss erst den Hubschrauber ausbuddeln, aber ihr könnt euch ja schon mal anziehen.«

Er nickt in den Hangar. Dort hängen Überlebenskleidung und Rettungswesten. Sie müssen richtig durch Schnee stapfen, um an die Sachen heranzukommen. Überlebenskleidung und Weste sind Felicia zu groß, aber Mama findet, sie soll trotzdem alles anziehen. Felicia kann sich kaum darin rühren. Sie fragt sich, ob die Sachen wirklich hilfreich wären, wenn sie im Wasser landen würde. Die Überlebenskleidung soll die Wärme im Körper halten, aber dies Zeug würde sie doch nur zum Meeresgrund ziehen.

»Guck mal hier«, sagt sie anklagend und streckt die Arme mit den zu langen Ärmeln aus wie eine Vogelscheuche.

»Jeder, der mit in die Luft geht, muss Überlebenskleidung und Rettungsweste tragen, das ist nun mal so«, sagt Mama.

Felicia weiß, dass es sinnlos ist zu protestieren. Wenn es um den Sicherheitsgurt im Auto, Fahrradhelm und die Schwimmweste beim Baden ging, war Mama unerbittlich.

»Ich fühl mich wie eine Mumie«, jammert Felicia.

»Mumien können nicht jammern«, sagt Mama.

Jack ist nach dem Schneeschippen ganz rot vor Anstrengung. Er stellt die Schaufel beiseite und wischt sich den Schnee ab. Jetzt können sie die

Türen jedenfalls öffnen und den Hubschrauber aus dem Hangar kriegen.

»Da kommt unser Steuermann«, sagt Jack und nickt in Richtung Anders, der übers Deck gelaufen kommt.

»Willst du auch mit?«, fragt Felicia erstaunt.

»Klar komm ich mit. Ich bin doch der, der die geheimen Wege durchs Eis erspäht«, sagt Anders.

»Wieso geheime Wege?«, sagt Felicia.

»Die sich im Eis verbergen. Spalten, dünneres Eis, das sind unsere geheimen Wege. Das heißt, falls sie in die Antarktis führen«, sagt Anders.

»Aber die ›Aurora‹ ist doch ein Eisbrecher«, sagt Felicia. »Die kommt doch auch so durch.«

»Du hast doch gemerkt, wie lange das dauert«, sagt Anders. »Wenn man einen Spalt findet, geht es viel schneller, auch wenn er nicht direkt zum Land führt, sondern vielleicht ein Stück an der Küste entlang.«

Sie klettern in den Hubschrauber. Anders und Jack vorn, Mama und Felicia hinten, aber dort gibt es auch Fenster zu beiden Seiten, das macht also nichts.

»Legt die Sicherheitsgurte an«, sagt Jack und dreht den Zündschlüssel um.

Der Sicherheitsgurt lässt sich jedenfalls auf Felicias Größe einstellen.

Die Rotorblätter des Helikopters dröhnen ohrenbetäubend. Felicia nimmt sich schnell die Ohrenschützer. Die Rotorblätter zerschneiden die Luft wie mit Messern. Der Hubschrauber schwankt, als er von Deck abhebt und aufsteigt wie ein schwankendes Insekt.

Mit einem Hubschrauber zu fliegen ist noch aufregender als der Vergnügungspark. Es ist fast ein Gefühl, als könnte man selber fliegen, und das hat Felicia sich oft gewünscht. Als sie kleiner war, wünschte sie sich, ihr würden gelbe Schmetterlingsflügel wachsen.

Von oben hebt sich die »Aurora« sehr hübsch rot gegen all das Weiße ab und sie wirkt sicher und verlässlich. Rasch fliegen sie über das Eis, um neue Wege für das Schiff zu suchen. Wie die Fährtensucher der Indianer, denkt Felicia.

Jack zeigt auf eine dunkle Rinne, der sie ein Stück folgen. Aber die Rinne endet vor aufgetürmtem Packeis, also müssen sie umkehren und einen neuen Weg suchen.

Es ist wie ein Labyrinth, denkt Felicia. Ein Labyrinth mit vielen Blindgängen. Hoffentlich gibt es einen Weg dahin, wohin sie wollen. Aber das kann niemand mit Sicherheit wissen.

»Sehen die Eisberge nicht wie majestätische Skulpturen aus?«, sagt Mama.

»Warum sind die Eisberge blau?«, fragt Felicia.

»Das kommt daher, weil das Eis richtig fest gepackt ist«, sagt Mama.

Es ist ein blauer Ton, den Felicia noch nie gesehen hat. Antarktisblau tauft sie es.

»Da vorn liegt die Antarktis!«, sagt Mama und zeigt eifrig zum Horizont. »Siehst du das Shelfeis?«

Aus dem Eis des Meeres erhebt sich ein ganz flaches Plateau aus Eis. Felicia fühlt sich wie eine Entdeckungsreisende. Als ob sie es gewesen wäre, die als Erste einen weißen Fleck auf der Karte erforschen und ausfüllen konnte. Das haben die Entdeckungsreisenden gemacht. Sie sind in alle Winkel der Welt gereist, durch Wüsten und Dschungel, über Berge und Seen, um die Landschaft in die Karte einzutragen und um neue Dinge in Besitz zu nehmen und neue Menschen zu finden, denen sie Waren verkaufen konnten. Aber das würde Felicia nie wollen.

Die Entdeckungsreisenden hatten sicher auch nichts dagegen, berühmt zu werden oder vom König oder der Königin eine Medaille in Empfang zu nehmen.

Aber was sie vor allem dazu getrieben hat, um den Erdball zu reisen, durch Eis und Hitze, muss in erster Linie Neugier gewesen sein. Felicia hat gemerkt, dass sie auch neugierig ist. Jetzt will sie wirklich wissen, was das für ein Gefühl ist, die Antarktis zu betreten.

Aber den Beruf Entdeckungsreisender gibt es wohl nicht mehr, denkt sie. Alle Karten sind gezeichnet und die ganze Erde ist entdeckt. Aber man kann Forschungsreisender werden wie die Leute an Bord der »Aurora«.

Jack und Anders brauchen mehr als eine halbe Stunde, um einen Weg zu finden, mit dem sie zufrieden sind. Felicia ist das nicht zu lang, sie fliegt gern mit dem Hubschrauber.

»Jetzt darf sich das Eis nur nicht zu sehr bewegen«, sagt Anders. »Sonst verschwindet der Weg wieder.«

Felicia blinzelt zum Rand des Kontinents. Dort vorn ist ein ganz besonderes Licht.

»Siehst du, dass der Himmel über der Antarktis heller ist?«, fragt Mama. »Das kommt von dem Licht, das dort in den Eismassen gesammelt ist. Man könnte sagen, die Antarktis hat eine eigene Laterne im Eis.«

Genau wie im Traum, denkt Felicia. Genau so war es! Im Traum hat sie ein ganz besonderes Licht über der Antarktis gesehen, und als sie aufwachte, wusste sie, dass sie hinfahren wollte, um es in Wirklichkeit zu sehen.

Jetzt ist sie hier!

»Wenn Astronauten vom Weltraum auf die Erde schauen, können sie das Licht über der Antarktis sehen. Sie sehen, dass es hier heller ist. Ist das nicht fantastisch?«, sagt Mama und nimmt Felicias Hand.

Mama nickt zu der Eisdecke vor ihnen und sagt, die Eisdecke über der Antarktis ist 2.500 Meter dick – zwei und einen halben Kilometer dick, lang wie 25 Fußballfelder hintereinander.

»Wenn das Eis schmelzen würde, würde das Wasser in den Meeren ansteigen und das, was jetzt Land ist, in Meeresboden verwandeln«, sagt Mama.

»Aber das passiert doch wohl nicht?«, fragt Felicia.

»Nur wenn es wärmer auf der Erde wird.«

Es ist schwer vorstellbar, dass sich die Eislandschaft wie eine unendliche weiße Wüste ausbreitet. Felicia hat gelesen, dass die Antarktis tatsächlich trocken wie eine Wüste ist, obwohl sie aus so viel gefrorenem Wasser besteht. Es ist eine stürmische und kalte Wüste, sogar noch trockener als die Sahara. Und dass die Haut sehr trocken werden kann, hat Felicia schon gemerkt. Alle müssen sich dauernd einschmieren, damit die Haut nicht rissig wird.

Felicia würde es aufregend finden, genau in dem Augenblick dabei zu sein, wenn sich ein Stück vom Gletscher löst und mit einem Krachen ins Meer fällt. So entstehen die Eisberge. Aber der Hubschrauber ist zu weit von der Antarktis entfernt, als dass sie etwas sehen könnten.

»Wie kalt kann es eigentlich werden?«, fragt Felicia.

Anders dreht sich um.

»Was meinst du?«

»50 Grad«, rät Felicia.

»90 Grad«, sagt Anders. »Am 21. Juli 1983 hatte die Antarktis tatsächlich fast 90 Grad minus, 86,5 Minusgrade, um genau zu sein.«

»Bist du damals hier gewesen?«

»Nein, zum Glück nicht. Aber die Temperatur haben sie auf einer Forschungsstation gemessen, deswegen glaube ich, dass es stimmt.«

»Wirklich sehr kalt«, sagt Felicia.

»Richtig schlimm wird es, wenn es dabei auch noch stürmt«, sagt Anders. »An einem Tag im Juli 1972 gab es einen Sturm, der mit 88 Metern pro Sekunde dahinjagte. Das ist dreimal mehr, als wenn wir finden, dass wir einen mächtigen Sturm in Schweden haben. Dann kannst du dir vielleicht vorstellen, was das für ein Gefühl ist.«

Felicia schaut nach unten und findet, dass es da unten mächtig viel Wetter gibt. Strenges Wetter. Aber vor langer langer Zeit war es warm in der Antarktis, das hat sie gelesen. Vor 70 Millionen Jahren war es hier so warm wie in den Tropen, vermuten die Forscher. Da liefen hier Tiere in den dichten Wäldern herum. Im Meer schwammen Riesenechsen wie Plesiorarus und Knochenfische. Wie kann sich so eine warme Gegend in so eine stürmische, kalte Wüste verwandeln? Aber es ist wohl sehr langsam gegangen. Vor 25 Millionen Jahren hat die Antarktis ihre Eisdecke bekommen. Das ist so lange her, dass man es sich fast nicht vorstellen kann.

Der Hubschrauber kehrt zurück zur »Aurora«. Die Sonne beginnt unterzugehen und taucht den Himmel in ein warmes orangefarbenes Licht. Das ist so schön, dass Felicia fast nicht zu atmen wagt. So was Schönes hab ich in meinem ganzen Leben nicht gesehen, denkt sie.

Nachts träumt sie, dass sie wieder übers Eis fliegt. Aber nicht mit einem Hubschrauber, sondern mit einem Luftballon. Der ist aus roter Seide mit goldenen Ornamenten. Es ist sonderbar still, nur das Fauchen der warmen Luft ist zu hören und das Rufen der Pinguine. Im Traum trägt Felicia ein langes silbernes Kleid und ist barfuß, trotzdem friert sie nicht. Der Ballon wird von den Winden rasch übers Eis getrieben, genauso schnell wie wenn man mit einem Hubschrauber fliegt. Sie weiß nicht, wohin sie unterwegs ist, aber das ist ihr egal.

Plötzlich verändert sich die Landschaft. Das Eis

schmilzt und große Bäume schießen aus der Erde. Der Boden ist ganz grün und feucht. Felicia schaut hinab auf Riesenechsen, die das grün schimmernde Laub von den Baumkronen fressen. Sie winkt ihnen zu und die Saurier nicken zurück mit ihren langen Hälsen.

Felicia wird aus ihrem Traum gerissen mit der Melodie von ›Greensleeves‹. Das kennt sie, denn Papa spielt es oft auf dem Klavier. Jetzt spielt Laura Eis es auf ihrer Querflöte. Das Lied ist so wehmütig und schön, dass es gut zu ihrem Traum passt. Felicia versucht wieder einzuschlafen, um herauszufinden, wohin der Luftballon sie bringen würde, aber es geht nicht. Also schlägt sie die Augen auf und sieht Laura Eis an, die in ihrem gepunkteten Nachthemd dasitzt und ihr Morgenlied spielt.

DIE ANTARKTIS IN SICHT

»10. Oktober. Jetzt sind wir dreieinhalb Wochen unterwegs und bald haben wir die Antarktis erreicht. Die Eisberge sind antarktisblau, aber wenn die Sonne sie beim Untergehen von der Seite anleuchtet, werden sie goldgelb und rosa. Dann sind sie am hübschesten. Es gibt eine flache Stelle, wo alle Eisberge hängen bleiben. Die Stelle heißt Four Ladies Bank, wahrscheinlich deshalb, weil die Eisberge aussahen wie vier Frauen in weiten Röcken, als ein Forscher sie zum ersten Mal gesehen hat. Vielleicht hatten sie Sehnsucht nach ihren Frauen, die sie zu Hause gelassen hatten, und vielleicht bereuten sie, dass sie das getan haben«, schreibt Felicia in ihr Tagebuch.

Das Schreiben fällt ihr nicht mehr so schwer wie am Anfang. Es macht ihr sogar Spaß, ein Reisetagebuch zu führen.

»Kommt jetzt rauf an Deck«, sagt Laura Eis zu Felicia und Mama, die im Labor sind. »Ihr müsst doch sehen, wie wir Land ansteuern.«

Anders hat über Funk mit den Forschern gesprochen, die in der Antarktis überwintert haben, und ihnen erzählt, dass das Schiff fast da ist. Das hat er getan, damit die Forscher keinen Schock bekommen. Sie sind jetzt fünf Monate lang allein gewesen und brauchen Zeit, um sich wieder an andere Menschen zu gewöhnen.

Felicia nimmt ihr Notizbuch mit und geht an Deck. Fast alle sind dort. In dem Augenblick, als die Sonne sich ins Meer senkt, gleitet die »Aurora« an einigen großen Eisbergen vorbei. Die Farben und das Licht sind so schön, dass es Felicia fast wehtut.

Wie soll ich das beschreiben, damit es jemand anders im Kopf genauso vor sich sehen kann?, denkt Felicia. Und was soll ich tun, damit ich es niemals vergesse?

Ein so großes Land ohne Bäume sieht merkwürdig aus. An manchen Stellen schimmert die grau gefrorene Erde durch die Schneedecke. In der Antarktis ist es Frühling.

Sie sind im Zick-Zack-Kurs durchs Eis gefahren, um nicht stecken zu bleiben, aber jetzt ist es nicht mehr weit bis zum Land.

»Guck mal, da ist die Daviesbasis!«, ruft Laura Eis und zeigt an Land. »Ich bin sicher, dass uns 18 Leute ankommen sehen. Möchte mal wissen, was sie denken?«

»Ihre Häuser sehen ja aus aus wie Container«, sagt Felicia. »Oder wie Kartons.«

Mama lacht. »Wirklich, aber drinnen ist es wenigstens warm.«

Felicia hatte sich eher etwas Igloähnliches vorgestellt. Warum konnten sie die Häuser nicht wie moderne Iglus bauen? Die wären viel hübscher als die hässlichen viereckigen Kisten, die überhaupt nicht hierher passen. Die passen nirgendwo hin.

Anders begrüßt die Forscher mit langem Tuten. Das Schiff arbeitet sich durch das Eis so nah wie möglich ans Land heran, und als es nicht mehr weitergeht, fährt Anders die »Aurora« aufs Eis und parkt sie dort, drei Kilometer von der Forschungsstation entfernt.

Felicia möchte sofort an Land stürmen und endlich wieder festen Boden unter den Füßen spüren, aber Mama sagt, niemand darf das Schiff vor dem nächsten Tag verlassen. Felicia geht zu Anders auf die Brücke und fragt, ob das wirklich wahr ist. Mama kommt mit.

»So ist es, Felicia. Die Forscher brauchen die Nacht, um sich daran zu gewöhnen, dass wir hier sind«, erklärt Anders. »Es bedeutet eine riesige Veränderung für sie. Die Gangway wird erst morgen früh ausgelegt.«

»Und dann machen wir erst einen Spaziergang zu den Pinguinen, bevor wir zur Basis gehen«, sagt Mama.

»Aber guckt doch mal da! Der Hubschrauber fliegt ja hin«, sagt Felicia.

»Der Hubschrauber bringt Gemüse, Obst und Post an Land, das, wonach sie sich sehnen. Sie haben ja schon seit mehreren Monaten keinen Brief mehr aufgerissen oder eine Frucht angeschnitten. Und jetzt hören sie sich ein wenig Klatsch vom Piloten an«, sagt Anders.

Abends schreibt Felicia in ihr Tagebuch:

»Morgen dürfen wir an Land gehen und die 18 Forscher treffen, die so lange allein gewesen sind. Ich möchte wissen, ob einer von ihnen in der Zeit verrückt geworden ist. Vielleicht verrückt vor Sehnsucht. Oder ob sie häufig krank gewesen sind. Morgen erfahre ich es. Dann gibt es bestimmt auch ein Fest. Aber zuerst gucken wir uns die Pinguine an. Ich sehne mich so, wieder über Erde zu gehen.«

PINGUINSPAZIERGANG

»Heute ist der erste Morgen in der Antarktis. Wer will mit auf den Pinguinspaziergang?«, fragt Sara Klara Stein.

Felicia hebt verschlafen ihre Hand.

»Wie viele Hände haben wir nun?« Sara Klara Stein zählt. »Eins, zwei, drei Hände. Ich sehe, dass drei Personen mitgehen wollen.«

»Du bist aber schon mächtig munter«, sagt Mama mit schwacher Stimme. »Laura, kannst du nicht ein Morgenlied für uns spielen, damit wir richtig wach werden?«

»Das schmeichelt mir«, sagt Laura Eis. »Dann will ich mal was spielen.«

Sie setzt sich aufrecht in ihr Bett und streckt sich nach der Flöte. Sie spielt ein Lied, das Felicia nicht kennt, aber es klingt wie ein Frühlingsbach.

Sie macht die Augen wieder zu und lauscht. Könnte sie doch auch nur so spielen, dass man gar nicht merkt, wie sie sich anstrengt. Wenn sie auf der Blockflöte spielt, merkt man das immer. Vielleicht kommt das daher, weil sie nicht oft spielt.

Felicia will duschen, aber Mama sagt, das darf sie nicht, weil sie hinaus in die Kälte gehen.

»Du darfst nicht die schützende Schicht von der Haut abwaschen. Das geht in dieser Kälte nicht«, sagt sie, die sonst immer genau aufpasst, dass Felicia sich ordentlich wäscht.

»Willkommen in der Antarktis«, sagt der Koch fröhlich, als sie zum Frühstück kommen. Als ob er es gewesen wäre, der das Schiff gefahren hat.

»Heute Abend gibt es wieder ein Fest. Vielleicht darf ich dann ja mit dir tanzen, Felicia.« Er blinzelt ihr zu.

Felicia muss daran denken, wie er kürzlich getanzt hat, wie ein prustender Seelöwe.

»Lieber nicht«, antwortet sie, »aber trotzdem vielen Dank.«

Mama hustet, wie sie das immer macht, wenn sie sich vor Lachen kaum halten kann.

»Ein Glück, dass du nein gesagt hast«, sagt sie später am Tisch. »Von hier ist es weit bis ins nächste Krankenhaus.«

Felicia zieht so viele Kleider an, wie sie kann.

»Das braucht Vorbereitungen«, sagt Mama und schmiert Felicias Gesicht mit einer fetten Creme ein, bis es glänzt. »Die Kälte darf nicht in die Wangen meiner Tochter beißen.«

Dann cremt sie sich selbst ein.

»Wir sehen verrückt aus«, stellt sie fest, als sie sich im Spiegel betrachten.

Sie setzen die Sonnenbrille auf, um sich gegen das starke Licht zu schützen, und gehen hinaus.

Als Felicia die Gangway betritt, fällt ihr ein Film ein, den sie gesehen hat. Der handelte von der Landung auf dem Mond. Die Astronauten sahen aus, als würden sie wie Käfer auf dem Rücken liegen bleiben, falls sie hinfielen, so plump waren sie.

»Wer hat den Proviant?«, fragt Laura Eis. »Es muss fettes Essen mit vielen Kalorien sein, sonst erfrieren wir.«

Mama wirft ihr einen langen Blick zu.

»Ich mach bloß Spaß«, sagt Laura Eis zu Felicia.

»Ich hab keine Angst«, sagt Felicia. »Ich will die Pinguine sehen.«

»Sicherheitshalber nehmen wir Schokolade mit«, murmelt Laura Eis.

»Oh«, sagt Felicia, als sie die Sonne sieht, die gerade über dem Horizont aufsteigt. An jeder Seite des goldenen Balls sind zwei Pfeiler in Regenbogenfarben. Das ist so wunderbar schön, dass ihr das Herz in der Brust hüpft. Wie Zauberei sieht es aus.

»Sonnenpfeiler! Die Sonne löst die Reflexe im Licht aus«, sagt Laura Eis.

Aber das will Felicia nicht wissen. Es ist schöner, sich vorzustellen, dass es etwas Magisches ist. Als ob sie jemand eigens für sie in den Himmel gestellt hätte, damit sie etwas Schönes zu sehen bekommen.

Es ist ein wunderbares Gefühl, große Schritte auf einem Untergrund zu machen, der sich nicht bewegt. Felicia läuft ein kleines Stück übers Eis, und dann wirft sie sich in den Schnee und macht einen Schneeengel.

»Davon wird man richtig froh«, sagt Felicia und bewegt Arme und Beine so schnell, dass der Schnee aufwirbelt.

»Okay!« Sara Klara Stein, Laura Eis und Mama werfen sich auch auf den Rücken. Sara Klara Stein und Laura Eis gucken Mama und Felicia an und versuchen ihre Bewegungen nachzuahmen.

»Ich weiß nicht, ob ihr wisst, wie feierlich das ist«, sagt Sara Klara Stein. »Das ist der allererste Schneeengel, den ich je gemacht habe.«

»Für mich auch«, sagt Laura Eis.

Und Felicia hatte sie sich als Schneekönigin in weißem Pelz in einem Schlitten vorgestellt, der von Pferden mit Raureif in der Mähne und weißen Atemwölkchen vor den Nüstern gezogen wurde. Es hätte hier gewesen sein können, wo sie mit klingelnden Glöckchen durch die weißen Weiten zu ihrem Eissaal tief drinnen im Gletscher unterwegs war.

»Ist das wirklich wahr?«, fragt Felicia erstaunt.

»Wir kommen aus einem Land, in dem es Sonne und Sand gibt. Australien ist sehr warm, das weißt du doch? Da kann man nicht lernen, Schneeengel zu machen.«

»Aber trotzdem«, sagt Felicia. »Du hast doch wohl schon mal Schnee gesehen?«

Laura Eis nickt.

»Klar, aber immer zusammen mit anderen Forschern. Keiner von denen hat je einen Schneeengel gemacht.«

»Stimmt es wirklich, dass es keine zwei Schneeflocken gibt, die einander gleichen?«, fragt Felicia und streckt einen Arm aus, um die Schneekristalle zu betrachten, die an ihrer Jacke hängen geblieben sind.

»Ich glaube schon«, sagt Mama. »Aber das hat sicher noch niemand überprüft.«

»Genau wie mit den Menschen«, sagt Sara Klara Stein. »Keiner gleicht dem anderen.«

Felicia genießt es, endlich im Schnee herumtoben zu können. Viel Schnee und sauberer Schnee.

Die Robben schauen sie mit ihren runden braunen Augen an und weichen nicht mit ihren Blicken aus. Felicia schaut zum Himmel hinauf und denkt, dass es nicht viele Menschen gibt, die den Himmel genau von dieser Stelle aus gesehen haben, wo sie jetzt steht. Überhaupt sind noch nicht viele Füße über das Eis der Antarktis gegangen. An anderen Orten, wie zum Beispiel zu Hause auf Styrsö, sind Menschen seit mehreren hundert Jahren über die Klippen gegangen. Vielleicht Tausenden von Jahren. Aber hier nicht.

»Jetzt gehen wir«, sagt Sara Klara Stein. »Es sind minus 24 Grad. Wenn wir noch länger liegen bleiben, frieren wir womöglich fest im Schnee.«

Sie stehen auf und betrachten eine Weile die Engel, ehe sie weiterwandern.

Es ist gar nicht so still in der Antarktis, wie Felicia sich das vorgestellt hat. Die Besatzung löscht Ladung vom Schiff. Schneetraktoren pflügen einen Weg durch den Schnee auf dem Eis. Schläuche werden ausgerollt, damit der Dieselölvorrat der Forschungsstation aufgefüllt werden kann. Anstelle von Strom wird Diesel zum Wärmen und für Licht benutzt. Hierher kann man ja keine Stromleitungen ziehen. Nahrung und Ausrüstung müssen an Land transportiert werden. Abfall von der Forschungsstation muss an Bord genommen werden. Nichts darf in der Antarktis bleiben, da hier, wo es so kalt und trocken ist, nichts verfaulen oder verschwinden kann. Sogar der Kot wird zurück nach Tasmanien transportiert. In tiefgefrorenem Zustand.

Felicia und die anderen wenden dem Schiff den

Rücken zu und gehen übers Eis auf eine Insel zu, wo es Pinguine geben soll. Der Weg dorthin ist weit, zwei Kilometer. Und als sie dort ankommen, sind sie immer noch nicht auf der Antarktis gewesen. Dahin gehen sie erst heute Abend.

Der Schnee knirscht unter ihren Füßen, und es ist lange her, sehr lange her, seit sie durch so viel Schnee gegangen ist. Zu Hause schafft Felicia es gerade, den Schlitten rauszuholen, dann ist der Schnee schon wieder weg. Hier verschwindet er nie.

Das Dröhnen der Schneetraktoren wird immer schwächer, je weiter sie sich vom Schiff entfernen. Felicia bekommt eine Vorstellung, wie still es an einem Ort sein kann, wo es keine Städte und fast keine Menschen gibt. Die Autos vermisst sie gar nicht. Auch die Beleuchtung an den asphaltierten Straßen nicht. Hier ist alles anders. Nur weiße Weite und Himmel.

»Jetzt brauch ich ein Stück Schokolade, sonst sterbe ich«, sagt Laura Eis und wirft sich in den Schnee.

»Sei nicht so dramatisch«, sagt Sara Klara Stein. »Wir haben doch eben erst gefrühstückt.«

»Das Frühstück ist verbraucht, das hat mich warm gehalten. Ich gehe keinen Schritt weiter ohne Schokolade«, sagt Laura Eis energisch.

»Okay, dann essen wir etwas«, sagt Sara Klara

Stein und versucht die Schokolade mit steifen Fingern in Stücke zu brechen.

Es schmeckt gut, aber während sie essen, müssen sie auf der Stelle hüpfen, damit ihnen nicht kalt wird. Niemand sagt etwas, sie kauen die Schokolade und lauschen, wie auffallend still es hier ist. Das Geräusch von ihrem eigenen Kauen wirkt sehr viel lauter, als es normalerweise wäre.

»Wir müssen auf dem stillsten Ort der Erde sein«, sagt Felicia.

»Sch«, macht Mama. »Hört mal!«

Sie hören auf zu kauen und lauschen. Es ist, als könnte man die Stille hören.

»So still wird es bestimmt nie wieder«, sagt Mama träumerisch.

»Ein Glück«, sagt Felicia.

Sie mag Geräusche und kann sich nicht vorstellen, an einem Ort zu wohnen, wo man nie den Regen hört. Sogar der Schnee scheint hier besonders leise zu fallen.

»Mir ist grad ein Rätsel eingefallen«, sagt Laura Eis. »Was ist das für ein Ort, wo es nie regnet, aber wo es immer genügend Wasser gibt?«

»Tief unten im Meer«, sagt Felicia.

»Hier!«, sagt Laura Eis. »Hier gibt es zwei Drittel allen Wassers auf der Erde, obwohl es hier nie regnet.«

»Das war ja gar kein richtiges Rätsel«, sagt Felicia enttäuscht.

»Aber merkwürdig ist das schon«, sagt Laura Eis. »Wenn hier was fällt, dann ist es Schnee.«

»Oder Meteoriten«, fügt Sara Klara Stein hinzu.

Da erinnert Felicia sich, dass sie Alice einen Meteoriten mitbringen sollte. Sofort fängt sie an, nach Steinen aus dem Weltraum Ausschau zu halten.

»Haben hier viele Leute Meteoriten gefunden?«, fragt sie.

»Sir Douglas Mawson hat einen drinnen im Land gefunden, das war 1912«, antwortet Sara Klara Stein.

Dann werde ich wohl keinen finden, denkt Felicia.

»Seitdem haben viele andere Forscher auch welche gefunden«, fährt Sara Klara Stein fort, »aber die Regel ist das wohl nicht. Einmal haben sie einen hellgrünen Stein gefunden. Sie glauben, der kommt vom Mond.«

»Wie lange der durch den Weltraum gefallen sein muss«, sagt Felicia.

»Aber es gibt hier Meteoriten, die können vom Planeten Mars stammen«, sagt Sara Klara Stein. »Der ist noch weiter entfernt. Und nicht nur das. Sie können auch furchtbar alt sein, 1.300 Millionen Jahre oder so.«

Felicia hat keine Vorstellung, wie lang das ist.

»Die meisten Meteoriten, die zur Erde fallen, frieren im Eis ein und bleiben für immer Gefangene des Eises. Sie fallen, ohne dass es jemand hört, und werden vom Schnee aufgefangen und werden langsam zu Eis. Die Steine aus dem Weltraum frieren genauso leise und unbemerkt in einem Eisberg fest, wie sie gefallen sind.«

»Was für eine Verschwendung«, sagt Felicia.

»Ja, wirklich«, sagt Sara Klara Stein.

Sie haben die Insel erreicht. Felicia schaut auf den Boden. Unter ihren Füßen liegen vielleicht haufenweise eingefrorene Meteoriten, ohne dass sie sie jemals zu sehen bekommt. Wenn sie doch das Glück hätte, jetzt gleich einen hier zu finden. Es wäre doch blöde, daran vorbeizugehen und zu glauben, es wäre ein gewöhnlicher Stein.

Am liebsten möchte sie zwei haben, einen für Alice und einen, den sie selbst behalten würde.

Über die ganze Insel ertönen die traurigen Rufe der Pinguine.

»Warum klingt das so traurig?«, fragt Felicia.

»Das scheint nur so. Sie unterhalten sich auf diese Art«, sagt Mama.

»Es klingt wie ein trauriger Chor. Vielleicht sind das die Pinguine, die noch keinen gefunden haben, mit dem sie Junge kriegen können«, sagt Felicia.

»Nein, nein, bei ihnen ist alles in Ordnung.«

Sei mal nicht so sicher, denkt Felicia, der es schwer fällt zu glauben, dass jemand so traurig rufen kann, ohne traurig zu sein.

»Was meinst du, wie kalt es mit dem Wind ist?«, fragt Sara Klara Stein Mama.

»Mindestens minus 30 Grad«, rät Mama. »Bedeckt euer Gesicht so gut es geht, damit ihr keine Erfrierungen bekommt.«

Felicia zieht sich die obere Mütze noch weiter ums Gesicht und geht schnell weiter, damit ihr wärmer wird. Der Boden ist schwarz gepunktet von Vögeln, die sehr fein angezogen wirken mit ihrem schwarzweißen Federkleid. Wie ein Symphonieorchester im Frack. Sie scheinen überhaupt keine Angst vor Menschen zu haben, obwohl Felicia und die anderen große Overalls tragen.

Die Pinguine blinzeln mit ihren kleinen runden Augen und einige kommen neugierig auf die Besucher zugewackelt. Ihre Füße wirken nackt im Schnee, auch wenn Felicia weiß, dass sie nicht frieren. Sie sehen wie watschelnde kleine Menschen aus, wenn sie gehen.

Sie kauert sich hin und sitzt ganz still, um sie nicht zu erschrecken. Da wagen sich drei Pinguine noch näher heran. Sie strecken den Hals in einem langen Bogen und picken mit ihren Schnäbeln vorsichtig an Felicia. Als ob sie herausfinden wollten, woraus sie gemacht ist.

Felicia begreift nicht, wie man früher Fett aus diesen süßen Vögeln kochen konnte. Aber die Zeit ist wohl vorbei, denn die Vögel scheinen sich kein bisschen vor den Menschen zu fürchten.

»Das sind Adéliepinguine«, flüstert Mama. »Bald legen die Weibchen Eier. Guck mal, sie bauen schon ihre Nester.«

Felicia nickt so vorsichtig, wie sie kann, und sieht, dass die Pinguine, die ein Stück entfernt sind, Steine vor sich her schubsen, die so angeordnet werden, dass es »Nester« für ihre zukünftigen Jungen werden. Manche stürzen sich wütend aufeinander, wenn sie meinen, ein anderer sei in ihr Revier eingedrungen oder versuche auf unfeine Weise, sich einen Stein von den Nachbarn zu klauen.

Wenn sie es eilig haben, werfen sie sich auf den Bauch und rutschen vorwärts.

»Wie schwerfällig sie sind«, sagt Felicia.

»An Land ja«, sagt Mama. »Ihr richtiges Element ist das Wasser. Im Wasser sind sie schnell und geschmeidig, wenn sie Fisch jagen oder nach dem Sonnenstand navigieren. Die Sonne ist ihr Kompass.«

Die drei neugierigen Pinguine scheinen mit dem Ergebnis ihrer Untersuchung von Felicia zufrieden zu sein und wenden sich wieder ihrem Nestbau zu.

»Adélie klingt wie ein Mädchenname«, sagt Felicia.

»Es war ein französischer Entdeckungsreisender, der sie nach seiner Frau getauft hat«, sagt Mama.

»Möchte wissen, warum«, sagt Felicia.

»Vielleicht fand er sie so goldig«, sagt Mama.

»Aber vielleicht hat ihn auch ihr watscheliger Gang an seine Frau erinnert«, sagt Laura Eis.

»Wenn man eine Familie gründen will, sollte man ein Pinguin sein«, sagt Sara Klara Stein.

»Warum?«, fragt Felicia.

»Die helfen einander, ohne sich zu zanken«, sagt Sara Klara Stein. »Sie bauen zusammen das Nest, wechseln sich beim Brüten ab, und wenn die Jungen aus den Eiern gekrochen sind, sind beide Partner gleichermaßen bemüht, sie warm zu halten und zu füttern, bis sie allein zurechtkommen. Die streiten sich nicht darum, wer am meisten putzt oder arbeitet oder wer das Essen ranschaffen soll.«

»Dann nimm sie dir doch als Vorbild, wenn du heiraten willst«, sagt Laura Eis. »Du musst dir nur einen suchen, der wie ein Pinguinmännchen denkt.«

»Guckt doch mal, da hinten! Kaiserpinguine«, sagt Mama und zeigt auf zwei bedeutend größere Pinguine draußen auf dem Eis.

»So ein Mann wäre gut«, sagt Sara Klara Stein. »Die Weibchen der Kaiserpinguine legen ein einziges großes Ei, um das sich die Männchen kümmern, bis das Junge schlüpft. Die Männchen stehen mehr als 60 Tage in Sturm und Kälte und bewachen das Ei, indem sie es auf ihren Füßen balancieren.«

»Und wo sind die Mütter?«, fragt Felicia.

»Die schwimmen ins Meer raus, um sich wieder Fett anzufuttern«, sagt Sara Klara Stein. »Wenn die Jungen geschlüpft sind, schwimmen die Männchen ins Meer raus und die Weibchen kümmern sich um das Junge.«

»So ein Mann wäre doch nicht gut. Einer, der abhaut, wenn das Kind geboren ist«, sagt Felicia.

»Sie verschwinden nur für eine kurze Zeit, bis sie genügend gefressen haben. Dann kommen sie ja wieder und helfen bei der Fütterung und der Pflege ihres Jungen«, sagt Sara Klara Stein.

»Wie finden sie sich denn wieder? Es sind ja so viele«, sagt Felicia.

»Hör mal, wie sie rufen. Es ist ihr melancholischer Lockruf, damit finden sie sich. Keiner klingt wie der andere, auch wenn es uns so vorkommen mag«, sagt Sara Klara Stein.

»Jetzt müssen wir wieder etwas essen«, sagt Mama.

»Endlich.« Laura Eis stöhnt. »Man wird ganz

schwach in dieser Kälte und von der schweren, dicken Kleidung.«

Sie holen warmen Saft, Butterbrote, Rosinen und Nüsse hervor. Die Wärme tut gut im Magen.

»Geht es uns gut«, sagt Mama. »Wir haben ein warmes Schiff, das auf uns wartet. Stellt euch mal Scott, Amundsen und die anderen Entdeckungsreisenden vor, die im Sturm mit dem offenen Feuer in ihren Zelten kämpfen mussten, wenn sie etwas essen wollten.«

»Die nasse Kleidung muss auch lästig gewesen sein. Die konnten sie nicht gegen etwas Trockenes austauschen«, sagt Sara Klara Stein.

»Was die wohl gegessen haben?«, sagt Laura Eis. »Vielleicht getrocknetes Fleisch.«

Felicia ist froh, dass sie an Bord etwas anderes zu essen haben. Der Koch kann tatsächlich sehr gut kochen, auch wenn er ein bisschen verrückt ist. Er pflegt zu behaupten, Schiffsköche müssen gutes Essen kochen können, damit alle bei guter Laune bleiben.

Sie beobachtet die Pinguine, die mit ihren Steinen, Nestern und dem Revier beschäftigt sind.

»Sie bauen Häuser und kümmern sich um ihre Familien, genau wie die Menschen«, sagt Mama.

»Wie die Menschen es bestenfalls machen«, sagt Sara Klara Stein.

Beim Spaziergang zurück zum Schiff versinkt die Sonne am Horizont und taucht die ganze Umgebung in Rot. Felicia ist so müde, als sie die Gangway erreichen, dass sie es kaum noch nach oben schafft. Mama muss sie von hinten schieben.

»Heute Abend gibt es ein Fest in der Antarktis«, sagt der Koch fröhlich, der gerade die Gangway hinuntergeht. »Und Tanz.«

»O nein«, flüstert Mama. »Kein Tanz mit dem Koch. Dann brauch ich einen Helm und Schuhe mit Stahlkappen.«

Sie winken ihm, der auf dem Weg an Land ist. Selber schaffen sie es gerade noch in die Kajüte und werfen sich in ihre Kojen.

SCHRITTE AUF EINEN WEISSEN KONTINENT

Felicia erwacht davon, dass jemand an die Tür klopft.

»Hallo! Ihr wollt doch wohl nicht das erste Fest in der Antarktis verpassen!«

Es ist Anders, aber Felicia hat keine Kraft, die Tür zu öffnen.

Die anderen bewegen sich in ihren Kojen.

»Ja, wir kommen«, murmelt Mama.

Der Spaziergang hat sie so ermüdet, dass sie mehrere Stunden geschlafen haben. Es dauert eine Weile, ehe alle angezogen und fertig sind. Felicia nimmt Alices Pandabären mit. Jetzt soll er ein neues Zuhause in der Antarktis finden. Es ist später Abend, als sie das Schiff verlassen.

»Schaffst du das wirklich?«, fragt Mama besorgt.

»Wenn wir so weit gereist sind, um in die Antarktis zu kommen, dann werde ich doch wohl nicht schlafen, wenn wir endlich da sind? Wir sind ja noch gar nicht an Land gewesen«, sagt Felicia.

»Nein, aber wir beide könnten ja auch erst morgen an Land gehen«, sagt Mama.

»Auf keinen Fall! Dann kommen ja alle anderen vor uns dort an.«

Felicia kann sich nicht vorstellen, auf dem Schiff zu bleiben, während die anderen an Land gehen und die Forscher treffen, die in der Basis wohnen. Wie Mama überhaupt so etwas denken kann.

»Das ist gut«, sagt Laura Eis. »Wenn wir vier schon in derselben Kajüte gewohnt haben, ist es doch klar, dass wir auch das letzte Stück zusammen gehen.«

»Leg übrigens die Schwimmweste an«, sagt Laura Eis zu Mama.

»Warum?«

»Du hast doch gehört, der Koch will tanzen. Vielleicht hält die Schwimmweste die schlimmsten Prellungen ab.«

»Vergiss es«, sagt Mama. »Vielleicht findet er an Land einen Forscher, der ganz verrückt aufs Tanzen ist.«

Sie gehen übers Eis auf die Forschungsstation zu. Die Stimmung ist magisch und unwirklich. Felicia genießt es. Dass ausgerechnet sie hierher kommen darf. Zu diesem kalten, schönen Ort. Alice hat ja keine Ahnung, was sie verpasst.

Felicia schaut Laura Eis an, die neben ihr geht. Sie fragt sich, was für ein Gefühl sie hat, jetzt, wo sie und Klara Stein mehrere Monate hier bleiben sollen.

»Was macht ihr, wenn ihr frei habt?«, fragt Felicia.

»Glaubst du, man langweilt sich hier, wo es so schön ist? Das glaub ich nicht«, antwortet Sara Klara Stein.

»Und wenn es Schneesturm gibt und ihr könnt mehrere Tage nicht raus? Was macht ihr dann?«

»Wir können Spiele spielen, gutes Essen kochen, malen und zeichnen«, sagt Sara Klara Stein. »Lauter Sachen, die Spaß machen, finde ich. Wenn man außerdem Forscher ist wie wir, findet man es ja auch aufregend, hier zu arbeiten.«

»Wenn das Wetter wieder schön wird, fahren wir mit den Scootern raus«, sagt Laura Eis. »Einfach übers Eis in die weißen Weiten. Du kannst mir wirklich Leid tun, dass du nicht dabei bist.«

Das findet Felicia nicht. So lange möchte sie nun doch nicht von zu Hause weg sein. Aber klar, wenn Papa dabei wäre. Dann hätte keiner in der Familie irgendwelche Termine zu beachten, niemand müsste zur Arbeit oder zur Schule und sie könnten die ganze Zeit zusammen sein. Sie hätten Zeit, viel zu lesen, im Schnee zu toben, Yatzy zu spielen und über alles zu reden, was sie sahen oder dachten. Das wäre bestimmt schön. Zu Hause hat es immer jemand eilig. Und Felicia hätte nie gedacht, dass es in der Antarktis so schön ist.

Mama bleibt plötzlich auf dem Eis stehen.

»Jetzt betreten wir bald die Antarktis«, sagt sie feierlich. »Hier endet das Eis und dort beginnt der Kontinent. Komm, Felicia, den Schritt auf den Kontinent machen wir gemeinsam.«

Felicia, Mama, Sara Klara Stein und Laura Eis stellen sich in einer Reihe auf und fassen einander bei den Händen.

»Nee, deine Zehen stehen ein Stück zu weit vor«, sagt Sara Klara Stein zu Laura Eis. »Schummeln gilt nicht.«

»Ich hab doch größere Füße als ihr, aber okay, wenn ihr solche Angst habt, dass ich die Antarktis als Erste betrete, kann ich ja ein Stück zurückgehen.«

»Jetzt!«

Alle vier machen einen Sprung zur Antarktis und schaffen es, sich dabei an den Händen zu halten. Als sie die Antarktis unter ihren Füßen haben, springen sie herum und schreien.

»Wir sind da!«

»Das ist die Antarktis!«

»Wir sind angekommen!«

»Wir haben es geschafft!«

»Wir sind nicht die Ersten! Fast hundert Jahre nach Amundsen.«

»Und sind wir deswegen traurig? Kein bisschen, kein bisschen, kein bisschen!«

Felicia macht ein paar vorsichtige Schritte auf dem südlichsten Kontinent der Welt. Nach vier Wochen sind sie endlich angekommen. Es ist ein komisches Gefühl, dem Südpol so nah zu sein und zu wissen, dass man eigentlich auf der anderen Seite des Erdballs zu Hause ist. Sie überlegt, was Papa in diesem Augenblick tut, ob er wach ist und ob er an Felicia und Mama denkt.

»Wir rufen Papa an«, sagt Mama, die Ähnliches gedacht haben muss. »Das machen wir von der Forschungsstation aus.«

Felicia freut sich, dass sie warme Stiefel anhat, als sie weiter durch den knirschenden Schnee gehen. Es ist so still, wie es nur wenige Meilen vom Südpol entfernt still sein kann.

SÜDPOLPOLKA

Die Forschungsstation sieht aus wie eine Ansammlung von Kisten, die zufällig in der Landschaft verstreut sind.

»Wie hässlich mitten in all dem Schönen«, knurrt Mama.

»Jedenfalls ist nicht alles voll gemüllt wie bei bestimmten anderen Forschungsstationen, die Ölfässer und anderen Schrott hinterlassen«, sagt Laura Eis.

»Das gehört verboten«, sagt Felicia.

»Manche Menschen verhalten sich sehr unklug«, sagt Laura Eis. »Eigentlich ist es doch selbstverständlich, dass man alles in dieser Gegend so unberührt wie möglich hinterlässt.«

»Woran denken die eigentlich?«, sagt Sara Klara Stein.

»Geld und Ehre vielleicht. So ist es meistens, wenn Menschen sich unklug verhalten«, sagt Mama.

Eine Forschungsstation hier unten sollte aussehen, als ob sie hierher gehörte, einem Eisberg gleichen, nicht einem Schuhkarton, denkt Felicia, als sie die Häuser erreichen. Hier will sie Alices Panda nicht lassen. Für ihn muss sie einen hübscheren Platz finden.

Um das größte Haus zu betreten, müssen alle durch eine Art Schleuse von zwei Türen gehen. Damit die kalte Luft draußen bleibt, wird die zweite Tür erst geöffnet, wenn die erste geschlossen ist.

Als sie das Zimmer betreten, schlägt ihnen Wärme entgegen. Hier drinnen ist es nicht mehr still. Die Forscher, die hier überwintert haben, sitzen um einen Tisch und essen, reden und lachen mit denen, die von der »Aurora« gekommen sind.

Alles ist fast wie in einem gewöhnlichen Haus überall auf der Welt, aber nicht ganz. Wenn man Wasser haben möchte, muss man Schnee in einem großen Behälter tauen.

Felicia und Mama gehen herum und schauen in die Zimmer. Hier gibt es die Lieblingsräume von Forschern, Labors, und außerdem Schlafzimmer, Bad und Küche.

In einem der Zimmer stehen Computer, Radio- und Telexausrüstungen, damit die Forschungsstation Kontakt zur Außenwelt aufnehmen kann. Und ein Telefon.

»Jetzt rufen wir Papa an!«, sagt Felicia.

Einer der Forscher, der hier überwintert hat,

hilft ihnen. Es dauert ein wenig, aber dann überreicht er Felicia den Hörer und sie hört das übliche Zeichen.

Ihr Herz hämmert erwartungsvoll. Es klingelt viele Male in Schweden. Ist er nicht zu Hause?

Dann hört sie Geraschel und ein verschlafenes »Hallo«.

»Hallo, Papa! Jetzt sind wir angekommen, wir sind in der Antarktis!«

»Bist du das, Liebling? Ich hab geschlafen.«

»Wir sind da!«

»Oh! Ist es schön dort?«

»Wahnsinnig! Und kalt. Weiß und kalt. Und wir haben Sturm gehabt. Du solltest sehen, was es hier alles am Himmel gibt!«

»Hast du denn auch Sterne gesehen?«

»Viele, viele, das hab ich in mein Buch geschrieben. Ich les es dir vor, wenn ich wieder zu Hause bin. Hast du Sehnsucht nach uns?«

»Natürlich, ich überlege, ob ich nicht runterfahre und euch in Tasmanien erwarte, wenn ihr kommt.«

»Jaaa! Mach das! Besprich das mit Mama. Hier ist sie!«

Felicia reicht den Hörer weiter.

Sie reden eine Weile, während Felicia sich im Zimmer umschaut. Sie hofft sehr, dass Papa ihnen entgegenkommt. Aber zuerst will sie die Antarktis sehen. Sie findet es merkwürdig, dass es hier unten Fernseher, Video und Stereo gibt. Das ist ja fast Schummelei. Wenn man in der Antarktis ist, dann soll man es ganz sein und nicht die Außenwelt mit sich nehmen.

Felicia geht zu den anderen und setzt sich zu ihnen.

»Du musst die jüngste Besucherin sein, die dieser Kontinent jemals zu sehen gekriegt hat«, sagt ein bärtiger Mann mit braunen Haaren, die ihm bis zu den Schultern reichen.

»Vielleicht«, sagt Felicia.

»Was ist das für ein Gefühl?«, fragt er.

»Es ist wirklich ganz toll«, sagt Felicia.

»Pass auf, dass du nicht von Antarktisbazillen gebissen wirst«, sagt er lächelnd. »Dann musst du wieder und wieder herkommen. Ich bin wahrscheinlich gebissen worden. Übrigen heiß ich Tom, ich hab schon das zweite Mal hier überwintert.«

Seine Augen sind groß und fröhlich. Felicia findet, er sieht nett aus.

Sie muss fragen, ob es schwer gewesen ist, sich nicht zu streiten in den fünf Monaten, da sie doch wussten, dass sie einander nicht aus dem Weg gehen konnten.

Tom lacht ein wenig und schüttelt den Kopf.

»Jeder hat hier seine Aufgabe, da gibt es keinen Grund, sich darüber zu streiten, wer aufräumt oder kocht. Die anderen kleineren Uneinigkeiten konnten wir klären. Ich finde, es waren schöne Monate. Mir fällt es schwer, nach Hause zu fahren.«

»Es ist bestimmt sehr schön, ohne all die Autos und Abgase und so was.«

»Ja, das ist wirklich wahr. Ich werde mich nur schwer wieder daran gewöhnen können. Und dauernd von vielen Menschen umgeben zu sein.«

»War es nicht langweilig, als es immer dunkel war und die Sonne mehrere Monate nicht aufgegangen ist?«, fragt Felicia.

»Dunkel war es schon, 70 Tage lang ist die Sonne nicht über den Horizont gekommen. Da haben wir viel gearbeitet und haben versucht, es uns hier drinnen gemütlich zu machen. Und dann, als das Licht wiederkam, haben wir uns mehr gefreut, als wenn es nie ganz weggeblieben wäre.«

»Ist niemand krank geworden?«

»Hier gibt es nicht viele, bei denen man sich anstecken kann, wir sind also weniger krank gewesen als sonst. Aber einen Unfall hatten wir. Ein Forscher ist mit dem Scooter umgekippt und hat sich einen Arm gebrochen.«

»Der Arme!«

»Ich bin ja Arzt, jetzt ist er wieder in Ordnung.«

»Hast du nicht trotzdem ein bisschen Heimweh?«, fragt Felicia.

Tom schüttelt seinen Haarwust.

»Nein, ich hab das Gefühl, ich könnte hier bleiben. Ich hab keine Familie, die zu Hause auf mich wartet. Hier ist die Natur sauber, vermutlich gibt es hier die sauberste Luft, die man einatmen kann. Das Einzige, was ich vermisse, sind Bäume. Bäume und Blumenduft.«

»Manchmal merkt man, dass man Sachen vermisst, wenn man sie wiedersieht. Vielleicht geht es dir auch so, wenn du nach Hause kommst.«

»Vielleicht, hoffentlich. Ich fahr ja nun mit der ›Aurora‹ zurück.«

Der Koch legt ein Band mit Musik auf und geht direkt auf Mama zu und fordert sie auf. Sie hat keine Chance, sich zu verstecken. Er nimmt sie und galoppiert mit ihr durch den Raum, saust hin und her wie eine verwirrte Wespe in einer Glasflasche. Mama versucht mitzumachen, so gut sie kann. Das ist nicht leicht. Die anderen schauen verwundert zu.

»Ist das ein schwedischer Tanz?«, fragt Tom.

»Nein, das ist ein verrückter Koch«, sagt Felicia. »Pass auf, dass er dich nicht auffordert.«

SCHNEECAMPING

Eines Morgens schlägt Laura Eis Mama und Felicia vor, mit ihr und Sara Klara im Schnee zu campen. Felicia glaubt, sie macht Witze. Wer zeltet denn freiwillig bei der Kälte? Die Entdeckungsreisenden in früheren Zeiten hatten ja keine andere Wahl.

Aber Mama will, und Felicia denkt daran, dass sie ja noch einen guten Platz für den Panda und die Flagge finden muss.

»Ein Führer wird uns begleiten«, sagt Laura Eis. »Oder genauer ausgedrückt: Wir brauchen einen Führer. Das ist Tom, der Arzt.«

Die Ausrüstung leihen sie sich von der Forschungsstation. Die Skier sind zu groß für Felicia und die Stöcke reichen ihr fast bis zu den Ohren. Sie fängt schon an zu frieren, bevor sie überhaupt aufgebrochen sind.

Als sie endlich losgehen, fällt es ihr schwer, mit den anderen mitzuhalten. Die Flagge hat sie an ihrem Rucksack festgebunden und drinnen liegt der Panda.

»Wohin gehen wir?«, ruft Felicia Tom zu, der an der Spitze geht.

»Hinauf in die Berge. Du wirst sehen, wie schön es dort ist!«

Alle folgen schweigend in Toms Spur. Sein roter Anorak leuchtet vor dem weißen Schnee. Das Einzige, was zu hören ist, ist der Rhythmus von Skiern und Stöcken im Schnee.

»Bleibt immer genau hinter mir. Weicht nicht vom Weg ab. Hier können im Eis unter dem Schnee Spalten sein«, sagt Tom.

Manchmal bleibt er stehen und tastet mit seinem Stock den Schnee ab. Wenn man in eine Eisspalte fällt, ist es nicht sicher, dass man wieder herauskommt. Tatsächlich ist das fast unmöglich. Das weiß Felicia. Was für ein schrecklicher Tod, denkt sie und sieht sich tief unten in einer Eiskluft stehen, ohne die geringste Chance, wieder nach oben zu gelangen. Das darf nicht passieren, denkt sie und mustert die Schneedecke, um festzustellen, ob sie uneben aussieht. Was für ein unzuverlässiges Land. Dass sie nun auch noch davor Angst haben muss.

Aber sie sagt nichts, sondern fährt schweigend als Letzte hinter den anderen her. Hin und wieder dreht Mama sich um, um sicher zu sein, dass Felicia nicht verloren gegangen ist. Felicia wird langsam müde. Die Beine bewegen sich fast von selbst, als ob sie ein aufziehbares Spielzeug wären. Wenn sie doch mit einem Hundeschlittengespann hätten fahren können! Damit es nicht so langweilig ist, stellt sie sich vor, sie säße in einem Schlitten, eingehüllt in warme Decken, und redete mit den Hunden, die den Schlitten ziehen. Die Hunde gehören ihr und gehorchen nur ihr. Es sind ihre Freunde und es macht ihnen Spaß, schnell zu laufen und sie zu ziehen. Bei diesen Gedanken fühlen sich ihre Beine nicht mehr gar so müde an.

Es dauert sehr lange, ehe sie ganz oben auf dem Gletscher ankommen. Dort bleibt Tom endlich stehen und schnallt die Skier ab. Gemeinsam bauen sie das Zelt auf, nur Felicia braucht nicht zu helfen. Sie ist so müde, dass sie sich einfach in den Schnee fallen lässt, mit Skiern und allem.

Als das Zelt aufgebaut ist, sieht es aus, als hätte der Schnee eine rote Blase bekommen.

»Genau wie wir haben Scott und die anderen Entdeckungsreisenden, die vor langer Zeit hier waren, ein Zelt errichtet, und sie haben das Ziel auf Skiern erreicht« sagt Mama.

»Und dann sind sie gestorben«, sagt Felicia.

Vier erstaunte Gesichter drehen sich ihr zu.

»Habt ihr das vergessen?«, fragt Felicia

»Manche haben es geschafft«, sagt Sara Klara Stein vorsichtig.

»Hast du die Antarktis satt?«, fragt Mama.

»Ich hab's satt, dass es so kalt ist«, sagt Felicia. »Mich friert. Und ich hab keine Lust, in eine Eisspalte zu fallen.«

Mama gießt warmen Saft aus einer Thermoskanne ein und reicht ihn Felicia. Sie trinkt ihn schnell, die Wärme verbreitet sich im Magen und sie fühlt sich schon ein bisschen besser

»Dir ist weniger kalt, wenn du dich bewegst. Komm, ich zeig dir was«, sagt Laura Eis.

»Ich muss auch mitkommen«, sagt Tom. »Ich bin euer Führer, habt ihr das vergessen?«

Sie gehen alle auf den Gletscher hinaus. Felicia folgt ihnen widerwillig. Mama nimmt ihre Hand und versucht sie dazu zu bringen, sich schneller zu bewegen.

»Komm, sonst kriegst du Erfrierungen.«

»Ich will zurück zur ›Aurora‹«, sagt Felicia.

»Jetzt schauen wir uns erst mal den Gletscher an, danach kannst du dich in den Schlafsack einrollen und im Zelt aufwärmen.«

Felicia isst gleichzeitig ein Stück Schokolade, Rosinen und Nüsse, während sie in Achten herumläuft, um sich warm zu halten.

»Gletscher sind wirklich merkwürdig«, sagt Laura Eis. Sie legt sich auf den Bauch und starrt hinunter ins Eis.

Felicia macht es ihr nach. Da unten sieht es aus wie in einem blaugrün schimmernden Saal. So einer, in dem Eisprinzessinnen wohnen.

»Gletscher brüten über Geheimnissen«, fährt Laura Eis fort. »Geheimnisse aus hunderttausend Jahren. Schicht auf Schicht auf Schicht, mehrere Kilometer dick. Eis aus der Wikingerzeit, Eis aus dem Mittelalter und Eis aus dem neunzehnten Jahrhundert.«

»Dann kann man ja sagen, dass du im Augenblick auf der Geschichte liegst«, sagt Sara Klara Stein.

»Stell dir vor, hier drinnen ist etwas aus der Zeit erhalten, als deine Urgroßmutter lebte. Und aus der Zeit ihrer Mutter. Und noch viel weiter zurück.«

»Ja, ja«, sagt Sara Klara Stein. »Aber das ist gefrorene Geschichte. Geschichte in einem Tiefkühlschrank.«

»Siehst du die Blasen, Felicia? Die enthalten Luft vergangener Zeiten. Ich kann sie untersuchen und feststellen, ob darin Spuren von Rauch oder Asche enthalten sind. Ich kann einen Vulkanausbruch feststellen oder ob Menschen in der Nähe waren, die ein Feuer gemacht haben. Ich kann auch Pflanzenpollen sehen, die die Winde hierher getrieben haben. Ist das nicht fantastisch?«

»Man hört, dass du Glaziologin bist«, sagt Felicia.

Laura Eis lacht.

»Wenn ihr mit der ›Aurora‹ zurückfahrt, werde ich im Eis bohren und einen langen Eiszapfen herausholen, den ich untersuche. Das finde ich wahnsinnig aufregend. Fändest du es nicht auch toll, wenn du die Luft aus dem Mittelalter untersuchen könntest?«

»Nein«, sagt Felicia. »Ich möchte lieber einen Stein vom Mond finden.«

»Das kann dir dieser alte Gletscher vielleicht auch liefern. In dem sind eine Menge Geheimnisse eingefroren.«

Laura Eis nimmt eine kleine Hacke hervor, die außen an ihrem Rucksack gehangen hat. Vorsichtig hackt sie ins Eis, als ob es Glas wäre.

»Siehst du das da unten? Dort liegt ein Stein, der darauf wartet, ein Geschenk zu werden.«

»Wie viele Jahre hat der da schon gelegen?«, fragt Felicia.

»Noch nicht lange. Vielleicht ein paar Jahre, bevor er im Gletscher verpackt wurde.«

Vorsichtig dreht Laura Eis den Stein heraus und legt ihn in Felicias Hand.

»Vom Gletscher für dich«, sagt Laura Eis feierlich.

»Vielen Dank! Kommt der wirklich aus dem Weltraum?«

»Vielleicht«, sagt Laura Eis. »Frag Sara.«

Sara Klara Stein untersucht den Stein sehr genau. Es hat angefangen zu dämmern, deshalb muss sie sich mit der Taschenlampe leuchten.

»Mir scheint, das ist ein richtiger Stein aus dem Weltraum«, sagt sie schließlich und gibt ihn Felicia zurück.

Felicia ist zufrieden. Sie steckt den Stein in ihre Tasche mit dem Reißverschluss. Jetzt hat sie ein schönes Geschenk für Alice. Genau, wie sie es sich gewünscht hat.

»Jetzt müssen wir aber schnell zurück ins Zelt, bevor es dunkel wird«, sagt Mama. »Ich lad euch zu Suppe aus der Tüte ein.«

Langsam gefällt Felicia das Zelten im Schnee. Am Himmel erscheinen die Sterne und der Schnee beginnt zu funkeln. Der Mond scheint sehr nah zu sein. Als wäre es nur ein Schritt zu ihm durch den Weltraum.

Als sie das Zelt erreichen, ist es vollkommen dunkel. Aber noch nie hat Felicia so viele Sterne gesehen wie jetzt.

»Da ist die Galaxie. Die kann man tatsächlich am besten vom südlichen Erdball aus sehen. Aber eigentlich ist sie noch größer, wir können nur einen Teil davon sehen.«

»Wie viele Sterne gibt es eigentlich?«, fragt Felicia.

»Hundert Milliarden«, sagt Mama

Felicia sieht die Galaxie, die Milchstraße, die wie ein silbernes Band am Himmel aussieht. Oder ein Weg. Sie wünschte, man könnte von Stern zu Stern durch die ganze Galaxie springen.

»Die ist groß. Es gibt Milliarden von Galaxien im Universum. Dann begreift man erst, wie groß das Universum sein muss.«

»Warum heißt die Milchstraße eigentlich Milchstraße?«, fragt Felicia.

»Einmal hat der kleine Herakles an der Brust der Göttin Hera getrunken, um von ihrer Milch unsterblich zu werden«, erzählt Mama. »Er hat so kräftig gesogen, dass die Milch bis in den Himmel spritzte, und daraus sind Sterne entstanden.«

Es sieht wirklich aus wie eine Straße, auf der jemand Milch vergossen hat, denkt Felicia. Und die Erde ist nur ein kleines Sandkorn. Wenn man Briefträger im Weltraum wäre, wäre es schwer, den Erdball Tellus an der Milchstraße zu finden.

»Es ist ein Gefühl, als stände man am Rand der Erde, an der Schwelle zum Universum«, sagt Mama verträumt.

Sie nimmt Felicia in die Arme und versucht sie zu wärmen. Sie schauen in den Polarhimmel hinauf. Niemals wieder werden sie so einen Sternenhimmel sehen. Das weiß Felicia, denn nie mehr werden sie so weit entfernt sein von störenden Lichtern.

»Da hast du den Pfau«, sagt Mama und zeigt auf ein Sternbild, das wie ein kopfloser Vogel mit Schwanzfedern aussieht. »Und dort ist das Segel vom Schiff Argos.«

»Du musst mir etwas von den Sternbildern erzählen, sonst vergesse ich alles«, sagt Felicia.

»Argos war ein Schiffbauer. Das Schiffebauen hatte er von der Göttin Athene erlernt. Er baute ein Schiff, das war das größte, das jemals in Griechenland gebaut wurde. Er baute es für jemanden mit Namen Jason. Am Bug brachte er ein Stück Holz an, das er von Athene bekommen hatte. Dieses Stück Holz konnte sprechen und die Zukunft voraussagen, denn es war aus einer heiligen Eiche geschnitten. Das Schiff wurde so schwer, dass man es nicht ohne Hilfe des Sängers Orpheus zu Wasser lassen konnte. Er spielte so schön auf seiner Leier, dass die Eichenbalken in Bewegung gerieten und das ganze Schiff ins Wasser glitt. Um den Schiffbauer zu ehren, wurde es ›Argo‹ getauft. Bug und Kiel vom Schiff ›Argo‹ gibt es auch im Himmelsgewölbe.«

Mama geht ins Zelt, um die Suppe zu kochen. Als dort drinnen die Taschenlampe eingeschaltet wird, sieht die kleine rote Zeltblase sehr verlockend aus.

Felicia ist es wieder kalt, aber sie geht um das Zelt herum, wedelt mit den Armen, um sich warm zu halten, und wendet das Gesicht den Sternen zu. Es ist nichts weiter zu hören als ein leises Gemurmel aus dem Zelt, der knirschende Schnee unter Felicias Schuhen und das Geräusch eines schwachen Windes. Plötzlich wünscht sich Felicia, die Sterne könnten Musik machen. Sie stellt sich ein sprödes Klingen von Tausenden von Sternen und ein schönes reines Lied vor.

Sie fragt sich, wie die Erde wohl aus der Sicht der Sterne aussieht. Eine kleine blaue Kugel, die in Wolken eingehüllt ist. Wenn die Sterne genauer hinschauen würden, könnten sie auch den gefrorenen Pol an der südlichen Halbkugel erkennen, mit einigen wenigen Menschen drauf und einem kleinen roten Zelt, eingebettet in weiße Weiten.

Sonderbarerweise ist es ein gutes Gefühl, die Erde so klein zwischen all dem Großen zu wissen.

Dieser Ort ist perfekt, denkt sie und nimmt ihren Rucksack. Sie löst den Faden, mit dem sie die Flagge festgebunden hat. Es ist so dunkel, dass sie kaum sehen kann, was sie tut, aber sie steckt die Flagge in den Schnee und setzt den Panda daneben.

»Hier unter den Sternen wird es euch gut gehen«, flüstert sie.

DER AUFTRAG

Felicia wird von Gelächter und Geschrei vor dem Zelt wach. Sie kriecht aus ihrem warmen Schlafsack. Sie muss dringend pinkeln, aber der Gedanke, draußen vorm Zelt zu pinkeln, lässt sie schaudern.

Als sie die Zelttür öffnet, sieht sie, woher die Schreie kommen. Laura Eis, Sara Klara Stein und Mama waschen sich mit Schnee. Sie hüpfen wie verrückt herum, während sie sich mit dem Schnee sauber zu reiben versuchen.

Felicia probiert es mit ein wenig Schnee im Gesicht. Das muss reichen. Sie pinkelt, so schnell sie kann.

»Was für eine schöne Flagge«, sagt Sara Klara Stein. »Da steht sie sehr gut.«

»Ich glaube, die ist viel hübscher als jede andere Flagge, die jemals in diesem Teil der Erde aufgestellt wurde«, sagt Laura Eis.

»Wir machen ein Foto von ihr und dem Panda«, sagt Mama und holt die Kamera aus dem Zelt.

Verschlafen kommt Tom heraus, und Mama bittet ihn, ein Foto von ihnen zu machen, wie sie neben der Flagge und dem Bären sitzen. Felicia freut sich darauf, der Klasse und Alice das Bild zu zeigen. Die Flagge steht zwar nicht am richtigen Südpol, denn der ist noch tiefer in der Antarktis, aber trotzdem.

Sie frühstücken im Zelt, eingewickelt in ihre Schlafsäcke. Warme Suppe und kaltes Brot.

»Siehst du, wir haben es überlebt«, sagt Sara Klara.

»Die Nacht schon, aber wir waren ja auch nicht so lange draußen wie früher die Entdeckungsreisenden«, sagt Felicia. »Eine Nacht ist doch gar nichts. Es hat nicht mal gestürmt. Aber stell dir vor, wenn es damals gestürmt hat und sie sind nass geworden, sie hatten nichts zu essen und konnten sich nicht aufwärmen und haben sich die Füße abgefroren.«

»Heute kehren wir auf die ›Aurora‹ zurück«, sagt Mama. »Wir werden schon nicht erfrieren.«

Da wird Felicia klar, dass sie sich bald von Laura Eis und Sara Klara Stein verabschieden muss. Während der ganzen Reise ist sie Tag und Nacht mit ihnen zusammen gewesen. Sara Klara Stein und Laura Eis ziehen in die Forschungsstation, und die, die jetzt dort wohnen, fahren mit dem Schiff zurück.

Kein Flötenspiel mehr in der Kajüte und keine

Gespräche mehr mit der Eiskönigin und Sara Klara Stein. Oh, wie wird sie die beiden vermissen!

Sie bauen das Zelt ab und kehren auf Skiern zum Schiff zurück. Es liegt in der Meeresbucht und wartet mit seinem roten Rumpf. Auf dem Eis fahren immer noch Traktoren hin und her und transportieren Nahrung, Forschungsausrüstung, Baumaterial und alles, was man auf einer Forschungsstation braucht. Die bekommt sogar ein Motorboot, das die Forscher benutzen können, wenn es wärmer wird und das Eis bricht.

Die beiden Hubschrauber helfen beim Abladen.

Die »Aurora« wird zum Ablegen vorbereitet. Fünf Tage hat sie vor der Basis gelegen und morgen ist es Zeit für den Abschied.

LEB WOHL, KONTINENT

Felicia wird von Flötentönen und einer Melodie geweckt, die sie aus dem Film ›Sound of Music‹ kennt.

»Warum hast du das Lied heute gespielt?«, fragt Felicia, als Laura Eis die Flöte weggelegt hat.

»Ich fand, heute müsste es etwas Besonderes sein. Den Film hab ich fünfmal gesehen, und jedes Mal muss ich wieder weinen. Er ist so voller Abschied«, sagt Laura Eis.

Aber sie scheint fröhlich zu sein. Sara Klara Stein auch. Sie packen ihre Sachen zusammen und tragen sie an Land. Mama und Felicia besuchen sie ein letztes Mal vor der Abreise in ihrem neuen Heim.

»Wir schicken euch E-Mails, falls wir Langeweile kriegen«, sagt Sara Klara Stein.

»Schreibt uns auch, wenn ihr keine Langeweile habt«, sagt Mama.

»Wir schreiben auch richtig lange Briefe, die wir aufgeben, wenn wir nach Hause kommen«, sagt Laura Eis. »Dann erfahrt ihr, wie es uns wirklich ergangen ist in den vielen Monaten im Eis. Aber wenn wir nach Hause kommen, wollen wir auch viele Briefe mit schwedischen Briefmarken in unseren Briefkästen haben. Und das Foto von uns allen neben der Flagge.«

Laura Eis und Sara Klara Stein begleiten Felicia und Mama bis zum Schiff.

»Hier«, sagt Sara Klara Stein und nimmt Felicias Hand. Sie legt etwas hinein und schließt Felicias Finger darum.

»Du darfst erst nachschauen, was es ist, wenn du wieder an Bord bist«, sagt sie.

Felicia umarmt die beiden lange. Dann gehen Mama und Felicia an Bord, und Laura Eis und Sara Klara Stein bleiben mit den anderen Überwinterern auf dem Eis zurück. Sie sehen froh aus und winken. Felicia und Mama winken, so lange sie sie erkennen können. Schließlich sehen sie aus wie kleine bunte Pinguine.

Lebt wohl, lebt wohl, denkt Felicia. Und leb wohl, Antarktis.

Sie öffnet die Faust und sieht, was Sara Klara Stein hineingelegt hat. Es ist ein grüner Glücksstein aus Jade.

Felicia schreibt in ihr Tagebuch:

»Vor vier Tagen haben wir die Antarktis verlassen. Anders sagt, die Heimreise dauert nur noch vierzehn Tage, da

wir nirgends anhalten. Natürlich nur, wenn wir nicht in ein schlimmes Unwetter geraten. Ich bin in der Antarktis gewesen! Ich bin wirklich dort gewesen! Es war viel schöner, als ich es mir vorgestellt habe, obwohl ich vorher schon gedacht habe, dass es sehr schön wird. Anders fährt noch einmal hierher, ehe er nach Schweden zurückkehrt. Dem wird es wohl nie zu viel. Ich unterhalte mich jeden Tag mit Tom, damit er sich wieder an Menschen gewöhnt. Morgens und abends unternehmen wir einen Spaziergang an Deck. Wir gehen bis zur Landefläche der Hubschrauber das ganze Schiff entlang und wieder zurück. Die ›Aurora‹ ist 100 Meter lang, so dass wir also viele Male hin und zurück gehen müssen, damit es sich wie ein richtiger Spaziergang anfühlt. Tom sagt, an Bord ist auch ein Psychologe. Er redet mit allen, die überwintert haben. Es könnte ja sein, dass sie sich etwas merkwürdig fühlen. Dann tröstet er sie.

Nachdem man so lange allein war, kann es schwierig werden, wieder in die normale Welt zurückzukehren, sagt Tom. Er liegt häufig in seiner Kajüte und liest Bücher. Aber heute Morgen hat er gesagt, er gewöhnt sich langsam wieder an Menschen.

Jetzt bin ich seit mehr als einem Monat von zu Hause weg, aber ich hab das Gefühl, als ob ich ein ganzes Jahr gewachsen wäre. Bald sehe ich Papa wieder.«

Felicia denkt an Alice. Ob sie wohl immer noch ihre beste Freundin sein will, oder findet sie es schöner, mit jemand anderem zusammen zu sein? Felicia hofft natürlich, dass sie genauso gute Freundinnen sein werden wie vor der Reise. Aber wenn es nicht geht, dann wird sie auch damit fertig. Sie hat das Gefühl, die Reise hat sie irgendwie stärker gemacht. Stärker und mutiger.

Die »Aurora« kämpft sich durchs Packeis. Eines Morgens erreicht sie das offene Meer.

»Jetzt dauert es nur noch eine Woche bis nach Hause«, sagt Anders. »Bald kannst du die Wärme von Tasmanien genießen.«

Felicia hofft, dass Papa in Tasmanien ist und dass sie eine Weile bleiben und im Meer baden können.

Je weiter sie nach Norden kommen, um so wärmer wird es. Bei einem Morgenspaziergang mit Tom merkt Felicia, dass das Wasser wieder nach Meer riecht.

»Ich hab tatsächlich vergessen, dass es so riecht«, sagt Tom und will gar nicht wieder reingehen. »Ich bleib noch eine Weile hier.«

Bevor sie Land sehen, meinen sie den Duft von Eukalyptusbäumen zu riechen. Den Duft würde Felicia gern mit nach Schweden nehmen. Als sie Tasmanien fast erreicht haben, ist das Wasser ganz gepunktet von Seevögeln.

An einem Nachmittag gleiten sie in den Hafen von Hobart. Der Kai ist voller Menschen. Sie schreien »Hurra«, als die »Aurora« anlegt. Felicia und Mama stehen an der Reling und halten Ausschau nach Papa. Felicia ist so froh, dass es in ihrem ganzen Körper prickelt. Unter all den Menschen sehen sie jemanden, der auf der Stelle hüpft und mit beiden Armen winkt.

»Da ist Papa!«, ruft Felicia.

Mama lacht.

Sie winken, bis sie fast kein Blut mehr in den Armen haben.

Sechs Wochen ist es her, seit sie Abschied genommen haben. Felicia überlegt, was sie erzählen will. Vom Sturm, dem Polarhimmel oder von der Sonne, die in einem goldenen Meer unterging? Den Eisbergen, die unter einem rot-blaugelben Himmel schimmerten. Eigentlich kann man niemandem erzählen, wie es dort ist, man muss es selbst gesehen haben.

Sie sind zurückgekehrt vom Ende der Welt. Und sie wird ihre weiß schimmernde Antarktis immer wie einen Schatz in sich herumtragen. Immer.